아무도 들어오지 마시오

아무도
들어오지
마시오

최나미
장편소설

사□계절

차례

1. 나도 어쩔 수 없는 일

"욱!"

아빠가 방에서 나오는 기척이 들리자 억지로 쑤셔 넣은 것들이 일제히 올라왔다. 입을 틀어막고 욕실로 뛰어 들어갔다. 꾸역꾸역 밀어 넣었던 것을 변기에 게워 내면서도 나는 욕실 문을 잠갔는지부터 살폈다.

"괜찮니? 약 꺼내 놓을까?"

아빠가 욕실 문을 두드리며 조심스럽게 물었다. 그러면서도 억지로 문을 열려고 하지는 않았다.

몇 번 더 게워 내고 양치질을 하다 거울을 보니 천장과 벽이 빙빙 도는 것 같았다. 변기 물을 내리려는데 좀 전에 내가 한 짓이 한눈에 다 보였다. 어제 아빠한테 사 오라고 했던 치

킨 몇 조각과 탄산음료. 내가 생각해도 미련하게 먹었다, 새
벽부터.

"엊저녁에 일찍 자는 것 같아서 새벽에는 먹지 말라고 메
모까지 써 놨는데, 그걸 기어이 찾아 먹은 거야? 이러려고
사 오라고 한 거였어? 너, 정말!"

아빠가 이번에는 욕실 문을 세게 두드리며 소리쳤다. 이제
야 식탁 위를 확인한 모양이다. 한밤중에 끓여 놓은 국이랑
새로 한 반찬들이 고스란히 냉장고에 들어가 있는 것까지 봤
을 테니, 아빠가 지금 어떤 표정을 하고 있을지 생생하게 그
려졌다.

"지금은 상담이 있어서 나가는데, 이따가 얘기 좀 하자. 다
섯 시까지는 돌아올 테니, 석균아, 제발, 응?"

내가 대답하지 않을 거라는 걸 알면서도 아빠는 잠깐 동안
욕실 문 앞을 떠나지 못했다. 긴 한숨 소리와 함께 아빠 발소
리가 점점 멀어지는 게 들렸다. 안방에 들어갔다 나오는 소
리, 구두 신는 소리, 뭘 두고 왔는지 다시 서둘러 안방 문을
열었다가 닫는 소리, 잠시 머뭇거리다 현관문 여닫는 소리
그리고 도어락이 저절로 잠기는 소리까지 차례로 들렸다. 나
는 문 잠기는 소리가 그치기를 기다렸다가 속으로 천천히 서
른까지 센 다음 욕실에서 나왔다.

그사이 아빠가 창문을 활짝 열어 놓고 나가서 거실이 환해
졌다. 우리 집에 어울리지 않는 아침 햇살이, 발코니 화분 위

에 머물다 말끔하게 치워진 식탁 한 귀퉁이에 내려앉았다. 새벽에 아무렇게나 냉장고에 처넣었던 반찬들이 도로 나와 밥과 함께 식탁 한구석에 간격 없이 모여 있었다. 그 옆에 놓인 소화제와 물컵은 아빠가 나가다 말고 허둥지둥 꺼내 놓은 게 분명했다.

나는 얼른 커튼을 내리고 냉장고에서 생수를 꺼내 마셨다. 아까보다 속이 편해진 게 먹은 걸 다 게워 내서인지 아니면 혼자 있는 게 좋아서인지 알 수가 없었다. 장식장 위에서 사진 속 엄마가 물끄러미 내려다보고 있었다.

'아빠 속 좀 그만 태워.'

누구보다 엄마가 더 애가 탈 거라는 생각이 들었다. 몇 달 전이라면 치킨 같은 건 당연히 먹지 못하게 했을 거고, 아빠한테 함부로 구는 것도 그냥 넘어가지 않았을 것이다. 대화라고는 문자 메시지가 전부고, 아빠와 눈길조차 마주치지 않는 것을 보고 잔소리를 늘어놓았겠지.

"하지만 못 하잖아! 엄마는 이제 나한테 한마디도 못 해! 그러니까 그런 눈으로 보지 말란 말이야!"

나는 엄마 사진을 돌려놓고 방으로 들어갔다.

어질러진 침대 위에 노트북 충전이 다 되었다고 불빛이 깜박였다. 지금부터는 어제 받아 놓은 영화를 보다 잘 생각이다. 완벽한 시간을 보낼 준비를 마쳤다.

영화가 시작되자마자 나는 침대 밑으로 손을 뻗었다. 그런데 아무리 더듬어도 어제 갖다 놓은 과자 바구니가 손에 걸리지 않았다. 내가 욕실에 있는 동안 아빠가 방에 들어온 모양이었다. 또 화가 치밀었다. 아빠가 나를 위해 하는 일은 늘 이런 식이다. 세 살짜리 아이를 대하듯 과자를 치우기만 하면 된다고 여기지만, 가장 쉬운 걸 아빠는 모르고 있다. 더 이상 아빠와 사이가 좋았던 세 살짜리가 아니다, 나는.

엄마라면 이런 때 정말 생각지 못한 일로 나를 놀라게 했겠지. 가령 내가 침대 밑에 손을 넣고 더듬을 때 그곳에 몰래 숨어 있다가 내 손을 덥석 잡는다든가, 과자 그릇을 침대 다리에 고무줄로 길게 묶어 놓고서 내가 그릇을 잡아당기면 도로 당겨지게 한다든가. 그러고 보니 이건 상상이 아니라 정말로 엄마가 했던 일이다.

아홉 살 때였던가? 그때 침대 밑에서 나온 손이 느닷없이 내 발을 잡는 바람에 바닥에 주저앉아 한참 운 적이 있다. 우는 나를 달랠 생각도 하지 않고 엄마는 웃어 대기만 했다. 웃다가 눈물까지 흘리는 엄마를 보면서 나도 울다가 웃음이 터졌던 기억이 난다. 엄마가 나를 웃게 하는 재주가 있다면, 아빠는 어떤 식으로든 나를 화나게 하는 재주가 있다.

내 침대 밑에만 없을 뿐이지, 과자는 얼마든지 있다. 이런 일이 있을 줄 알고 사 놓은 과자를 집 안 곳곳에 숨겨 놓았다. 침대에서 일어나려는데 바깥에서 아빠 목소리가 들려왔다.

"이거 제 실력으로는 안 되겠는데요. 아무래도 자동차 정비소에 맡기시…….”

“정비소에 맡기라고요? 난 또 군이 도와준다기에 무슨 벼락 맞은 기술이라도 있는 줄 알았네.”

상담 시간에 늦었다고 내가 나오는 것도 기다리지 못한 아빠가 먼저 나섰을 리가 없다. 목소리만 듣고도 누군지 알 것 같은 불길한 예감이 들었다. 얼마 전부터 동네에 갑자기 등장한 그 할머니. 내 예감이 맞는다면 아빠는 오늘 된통 걸린 셈이다. 나는 커튼을 살짝 들고 내다보았다. 정강이까지 올라간 통 넓은 멜빵바지에 야구 모자로 감출 수 없는 희끗희끗한 흰머리까지, 틀림없는 그 할머니였다.

“아니, 저한테 보닛 여는 것 좀 도와 달라고 하셔서…….”

아빠는 억울한 표정으로 변명 아닌 변명을 늘어놓으려는데, 할머니는 가만히 듣고 있지 않았다.

“내가 먼저 그쪽한테 도와 달라고 했다 칩시다. 그럼 보닛만 열어 주면 됐지, 그쪽이 고칠 수 있을 것처럼 군 건 맞잖아요. 시간은 시간대로 다 끌어 놓고 이제 와서 정비소에 맡기라니, 화가 안 나겠냐고요!”

아빠는 할머니가 우렁우렁한 목소리로 타박하자 제대로 말도 못 하고 시계만 들여다보았다.

할머니가 워낙 당당해서인지 아니면 그 기세에 눌려 아빠가 잔뜩 주눅 들어서인지, 내 자리에서 보면 두 사람은 거의 키 차이가 나지 않았다. 게다가 뾰족한 얼굴형과 날카로운

눈매까지 더하니, 할머니는 그야말로 깐깐함 그 자체였다. 사실 엄밀하게 말하면 할머니라고 부르기에도 애매하긴 하다. 하지만 고모와 이모 말고는 할아버지 할머니처럼 가까운 친척이 없다 보니 내 호칭의 기준은 지극히 단순할 수밖에 없다. 머리카락이 희끗희끗하면 할아버지나 할머니, 희끗희끗한 머리카락이 없으면 아저씨나 아주머니. 그 기준으로 보면 아빠는 지금 아주 센 할머니를 상대하고 있는 셈이다.

"이걸 어째? 차에 대해 알지도 못하는 사람이 이렇게 다 헤집어 놨으니 그나마 움직이려나 모르겠네. 안 그래도 정비소에 갈 때마다 새 차 사라는 말만 해 대서 짜증 나 죽겠는데."

할머니는 아빠가 난처해하는 모습을 보면서도 그냥 가라는 말 한마디를 하지 않았다.

이 주일 전쯤부터 나타난 저 할머니는 동네 시끄럽게 하려고 작정한 사람 같았다. 하루에 한두 번은 언성을 높이는데 그 장소가 꼭 우리 집 앞이었다. 자동차 배기통을 화단 쪽으로 향하게 세워 두었다고 차 주인과 입씨름 벌인 일이 그 시작이었다.

"아니, 고작 차 뺄 때 편하겠다고 매연 구멍을 화단 코앞에 대? 당신 얼굴에 대놓고 매연을 뿜어 대면 좋겠어요?"

밖에서 웬만큼 떠든다고 꿈쩍할 내가 아닌데, 저 할머니만 나타나면 새된 목소리에 질려 누워 있다가도 번번이 일어나게 된다.

급기야 경비 아저씨가 달려와 주민들이 시끄럽다고 민원을 넣었다는데도 할머니는 꿈쩍하지 않았다.

"이 아파트에 사는 사람이 나 하나예요? 뭐라고 한 주민이 누군지 대요. 직접 찾아가서 내가 왜 이러는지 설명하고 올테니까! 다들 자기와 상관없는 일이라고 모른 척하면 나중에 어떻게 되는지 몰라서 그러냐고요!"

그 일 이후에도 할머니는 화단에 화분을 몰래 버리는 사람들과도 싸웠고, 관리 사무소에서 나무 상태도 보지 않고 약을 함부로 뿌린다는 것으로도 목소리를 높였다. 할머니는 주로 화단 때문에 화를 냈고, 하필 이 아파트에서 가장 넓은 화단이 바로 우리 집 앞에 있었다.

"제가 시간이 없어서 그러는데, 혹시 도와줄 아드님이나……"

"아들이라면 누구 아들을 말하는 거예요? 설마 나한테 아들이 있다고 생각한 건 아닐 테고."

할머니가 두리번거리며 딴청을 피우자 당황해서 쩔쩔매는 아빠 목소리가 띄엄띄엄 들렸다.

"아, 제가 실수한 것 같습니다. 저는……, 그저……."

"그렇게 생각하고 한 말이라면 실수 맞네요. 세상에나, 결혼도 안 한 사람한테……. 진짜 생전 처음 들어 본 말이라고요!"

할머니는 놀랐다는 듯 원망 섞인 푸념을 늘어놓는데, 모르긴 몰라도 내가 할머니보다 더 놀랐을 것이다. 정말로 한 번도 들어 본 적 없는 말이라고?

궁지에 몰린 아빠는 더 이상 지체할 수 없다고 느꼈는지 할머니한테 아주 공손하게 말했다.

"제가 지금 급한 일이 있어서 그러는데요, 돌아와서 다시 한번 찬찬히 봐 드리겠습니다. 그러고도 안 되면 정비소에 저와 함께 가시죠."

"그러면 좀 낫겠지만, 그쪽 말만 믿고 기다려도 되는지……."

퉁명스러운 할머니 목소리는 여전했지만, 표정을 보니 한결 누그러진 모습이었다.

"저희 집이 바로 여깁니다. 제가 다섯 시까지 돌아올 텐데요, 그때 저희 집으로 오시죠. 이건 제 전화번호입니다. 정말 죄송합니다."

아빠는 인사를 마치자마자 휴대폰을 꺼내 들고는 부랴부랴 큰길로 달려갔다. 늦었다더니 차를 두고 가려는 모양이다.

딩동!

다섯 시까지 집에 갈 건데, 혹시 할머니 한 분이 먼저 오실지도 모르겠다. 그러면 문 좀 열어 드리고 들어와서 기다리시게 해. 아빠 부탁이다.

아빠는 이렇게 메시지를 보내면 내가 들어줄 거라고 생각한 걸까?

싫어!

나는 간결하게 내 뜻을 전했다. 그러나 아빠는 이미 휴대폰을 주머니에 넣고 택시에 올라타고 있었다.

부탁한다고 했으니까 내 답을 확인할 필요도 없다? 아마도 퇴근할 때까지 아빠는 내가 보낸 문자 메시지를 확인하지 않을 것이다. 언제나 그랬으니까.

잠깐 딴생각을 하다 정신을 차려 보니, 그 센 할머니가 우리 집을 홀린 듯 바라보고 있었다.

"여기 1층이란 말이지. 위치 하나는 진짜 좋네."

발바닥에서 뿌리라도 내린 듯 할머니는 한동안 꼼짝 않고 우리 집을 샅샅이 훑어보았다. 자칫 눈이라도 마주칠까 봐 나는 얼른 커튼을 내렸다.

2. 하필 그 시간에

"안에 아무도 없는 거 맞아요?"

초인종을 연거푸 눌렀는데도 내가 문을 열어 주지 않자, 급기야 할머니는 문을 두드리기 시작했다.

"누가 있다고 한 것 같은데. 아닌가?"

탕탕!

나는 손으로 입술을 잡아 뜯으며 거실을 뱅뱅 돌다 낮에 배달시켜서 먹고 남은 햄버거 두 개를 식탁 위에 꺼내 놓았다.

탕탕!

"아무도 없어요?"

문 두드리는 소리에 머리가 터질 것만 같았다. 나는 식어 빠진 햄버거 반쪽을 한입에 쑤셔 넣었다. 방에 들어가 이불을 뒤집어쓰고 있을까도 싶었지만, 어쩐지 거실을 지키고 있지 않으면 저 할머니가 현관문 틈으로라도 비집고 들어올 것만 같았다.

내가 가장 바라는 일은, 아빠가 바로 나타나서 집에 들르지 않고 할머니와 함께 정비소로 직행하는 것이다. 하지만 아직 다섯 시가 되려면 30분이나 남았는데, 늘 시간에 쫓기는 아빠가 벌써 올 리가 없다.

탕탕!

"이상하다. 누가 있는 것 같기도 하고."

할머니는 지치지도 않는지 문을 계속 두드렸고, 그럴수록 무슨 맛인지 생각할 겨를도 없이 햄버거를 욱여넣는 내 손만 점점 더 바빠졌다.

세 번째 햄버거 조각을 집어 들었을 때 기적처럼 아빠 목소리가 들렸다.

"아, 벌써 오셨어요? 아직 다섯 시 안 됐는데. 오래 기다리신 건 아니죠?"

"어영부영하다가 정비소 문 닫을 수도 있겠다 싶어서 좀 서둘렀지요. 그런데 집에 아무도 없어요? 초인종도 계속 누르고 문을 아무리 두드려도 기척이 없네. 하도 두드렸더니 손만 벌게지고."

"아, 애가 자느라고 못 듣나 보네요. 차는 아까 그 자리에 있는 것 같던데, 바로 정비소로 가시죠, 뭐."

아빠는 뒤늦게 내 메시지를 확인하고 서둘렀을 것이다. 그제야 나한테 부탁한 걸 후회하면서.

어쨌거나 정비소로 가자는 아빠 말을 들으니 마음이 한결 놓였다. 햄버거를 접시 위에 내려놓으려는데 마녀 같은 할머니의 목소리가 들렸다.

"그럽시다. 그런데 잠깐 물 한잔 마시고 갈 시간은 있죠? 하도 두드리고 불러 댔더니 목이 타서 말이에요."

할머니가 아빠 말을 고분고분 들을 거라고 생각한 건 내 착각이었다. 집에 들어오지 못하게 하려고 문자 메시지를 보내려는데, 현관문 달그락거리는 소리가 들렸다.

"아, 안 되긴요. 잠시만요."

어, 안 되는데. 번호 키 누르는 소리가 들리자 나는 손에 든 햄버거를 단숨에 욱여넣고 삼켜 버렸다. 얼른 방으로 들어가려는데 갑자기 목이 메면서 숨이 제대로 쉬어지지 않았다. 진땀이 흐르고 눈앞이 흐릿해졌다.

"석균아! 왜 그래! 너 또!"

아빠의 놀란 목소리는 들리는데 눈앞이 흐릿해서 모습은 보이지 않았다. 아니, 내 몸이 어느 쪽을 향하고 있는지도 알 수가 없었다.

아빠는 비틀거리는 나를 한 팔로 받치더니 다른 손으로 내 등을 때리기 시작했다. 그럴수록 숨은 더 가빠지는데 나는 목에서 손을 뗄 수가 없었다.

"구급차! 구급차부터 불러야지. 뭐 하는 거요!"

할머니가 소리쳤다.

"구급차는 안 돼요! 지난번에도 싫다는 걸 억지로 태우려다 큰일 날 뻔했어요. 실랑이 벌이다가 애만 더 잡는다고요!"

아빠는 주먹으로 내 등을 쉬지 않고 때리며 말했다.

"목을 움켜쥔 걸 보면 뭐가 걸린 것 같은데, 무작정 때리기만 하면 탈이 더 날 수 있어요! 비켜 봐요. 애, 너 뭐 먹다가 걸린 거 맞지?"

나는 겨우 고개만 까딱했다.

할머니는 아빠를 밀어내고는 내 뒤에 서서 허리를 쭉 펴게 했다. 겨드랑이 사이로 양팔을 빼서 내 배를 감싸 안았다. 그러더니 두 손에 힘을 주고 내 배를 할머니 쪽으로 힘껏 당겨 올리는 거였다. 느닷없이 배가 조여지면서 맨 아래 갈비뼈가 부서지는 것처럼 아팠다. 비쩍 마른 체구의 할머니한테서 나오는 힘이라고 도저히 믿어지지가 않았다.

할머니는 "하나, 둘, 셋!" 소리치고는 다시 팔에 힘을 주었다. 세 번째로 할머니가 힘을 주어 당겨 올렸을 때 목구멍을 막고 있던 햄버거 조각이 "악!" 소리와 함께 툭 튀어나왔다. 그제야 숨이 제대로 쉬어졌다. 나는 거실 바닥에 그대로 주저앉았다.

아빠는 힘에 부쳐서였는지 아니면 내가 미워서였는지, 나를 일으켜 세우려다가 두어 번 놓쳤다. 겨우 내 방 침대에 나를 눕히고는 험한 산을 오른 사람처럼 숨을 몰아쉬었다.

"석균아, 아빠 정말 어떻게 해야 좋을지 모르겠다. 저분 아니었으면, 너 오늘 큰일 날 뻔했어."

아빠의 길고 긴 설교를 막으려면 돌아눕는 방법밖에는 없었다.

"그동안 네가 하도 싫다고 해서 네 뜻을 존중했는데 더는 안 되겠어. 네 입으로 약속했잖아. 도우미 아줌마 부르지 않는 대신 제대로 먹고 자려고 노력하겠다고. 그런데 오늘 하루에만 벌써 두 번이나 약속을 어겼어."

나는 쥐고 있던 휴대폰을 만지작거렸다. 혼자 있고 싶으니 나가 달라는 메시지를 보내고 싶었다. 하지만 기운이란 기운이 내 몸에서 다 빠져나간 뒤라, 나는 휴대폰 자판 하나 누를 힘이 없었다.

"네 말만 믿고 어제 치킨을 사 온 나도 잘못이지만, 넌 애초부터 나와 한 약속을 지킬 생각도 없었던 거야. 아니, 약속을 지키고 안 지키고가 중요한 게 아니야. 너 이러다 정말 큰일 난다고! 두 번 다시 인스턴트 음식이나 패스트푸드 못 먹게, 도우미 아주머니 불러야겠어. 이건 의논이 아니라 통고야!"

나는 이불을 가까스로 머리끝까지 끌어 올렸다. 도우미 아주머니? 부르기만 해. 그날로 내가 그만두게 할 거니까!

"아, 적당히 하고 그만 나오지. 죽다 살아난 애한테 그런 잔소리가 먹히기나 하겠어요?"

할머니가 내 방문을 두드리며 말했다. 아빠는 길고 긴 한숨을 뽑아내고는 내 방 불을 껐다. 아직 캄캄할 때는 아니지만 커튼이 내려진 내 방은 해가 남은 바깥보다 서둘러 어두워졌다.

그제야 나는 다시 돌아누웠다. 아직도 목구멍이 아팠다. 햄버거 조각이 튀어나올 때 목에 힘이 들어가서 그런 모양이었다.

'큰일 날 뻔했어……'

어울리지 않는 안도감에 피식 웃음이 나왔다. 큰일이라면 뭘까?

엄마가 떠난 후 나한테 죽음이란, 뭐랄까, 신발만 신고 나가면 언제 어디서든 마주칠 수 있는 그 무엇이었다. 그것은 흔하디흔한 나무나 돌멩이, 가로등이나 자동차처럼 마음만 먹으면 어디서든 한눈에 알아볼 수 있는 거라 생각했다. 아침에 평화롭게 눈을 뜬다 해도 저녁에 아무 일이 없을 거라고 그 누구도 장담할 수 없는 것이 바로 죽음이기에 특별히 두려워할 것도 없다고 여겼다. 나한테는 갑작스러운 죽음보다 그것으로 생긴 누군가의 빈자리를 견디는 게 훨씬 두려우니까.

그러나 아빠는 나와 생각이 다른 것 같았다. 어떻게 해서든지 빈자리를 메우려고만 들었다. 메우는 사람이 엄마가 아닌 누구라도 상관없다는 듯이. 그러니 두 달 전 그날 벌어진 일은 순전히 아빠 때문이다.

그즈음 패스트푸드만 고집하는 나 때문에 아빠가 기어이 도우미 아주머니를 불렀다. 나는 싫다고 악을 썼고, 아빠는 이대로 있다가는 내 위가 남아나지 않을 거라면서 내 의사를 무시했다.

아주머니가 오기로 한 날이 되자 나는 초조해서 어쩔 줄 모르고 집 안을 뱅글뱅글 돌아다녔다. 아빠가 돈을 주지 않아서 햄버거를 배달시킬 수도 없었다. 할 수 없이 냉장고 냉동실을 뒤져 언제 얼려 놨는지 모르는 음식들을 식탁 위에다 꺼내 놓았다. 냉동 만두와 햄, 먹다 남은 떡이랑 빵 같은 걸 전자레인지에 한꺼번에 돌려 냉기만 대충 빠진 음식들을 다 먹어 치웠다.

아침부터 아무것도 먹지 않아 텅 빈 속에 급하게 먹은 음식이 탈이 나는 건 당연했다. 속이 아프면서도 울렁거리고 머리가 어질어질해서 똑바로 서 있을 수도 없는데 아빠가 들어왔다. 나는 그 앞에서 먹은 것을 다 게워 냈다. 바닥에 엎드려서 끝도 없이 쏟아 내는 나를 보고 놀란 아빠가 구급차를 불렀다.

그 와중에도 나는 병원에는 안 가겠다고 발버둥 쳤다. 구급대원이랑 아빠한테 끌려 나가다가 문 사이에 손가락이 끼어 피가 나는데도 가지 않겠다고 버텼다.

"너, 이러다가 큰일 나는 거 몰라?"

아빠의 목소리는 거의 울부짖음에 가까웠다. 듣기에 따라서 나에 대한 분노로 느껴지기도 하지만, 솔직하게 말하자면 손 많이 가는 아들을 홀로 키워야 하는 아빠 처지에 대한 비관과 연민이 뒤섞인 억울함 그 이상도 그 이하도 아니었다. 적어도 나한테는 그렇게 들렸다.

"몰라! 병원에는 안 간다고!"

우리가 난리를 부리는 동안 앞집 사람이 문을 열고 내다보고 2층 사람들이 계단 위에서 내려다보았다. 결국 구급대원이 돌아가고 나서야 그 모든 상황이 끝났다.

젖 먹던 힘까지 다 쓰고 나니, 게워 낸 속보다 온몸이 욱신거리고 머리가 띵했다.

아빠는 그날 오기로 한 도우미 아주머니도 오지 말라고 전화했다. 방에 누워 있는데, 아빠가 거실 바닥을 청소하는 소리가 들렸다. 청소기 돌아가는 소리 사이사이로 아빠의 한숨 소리가 보태졌다. 간간이 아빠의 흐느낌도 들렸지만 나는 끝까지 모른 척했다.

"아주머니는 오지 않을 거야. 대신 제대로 먹겠다고 약속해. 한 번만 이런 일이 또 생기면 그때는 무슨 짓을 해서라도 널 병원에 데려갈 거니까, 알았어?"

겨우 냉정을 되찾은 아빠는 한 발짝도 방 안에 들여놓지 않고 말했다. 나는 알았다고 했다. 엄마와 살던 우리 집에 낯선 이가 들어오지 못하게 하는 것, 그것이 그날의 목적이었으니까. 훗날의 약속은 또 그때 가서 생각하면 될 문제다.

"그러니까 애 엄마가 아홉 달 전에 저세상으로 갔단 말이에요? 지금은 도와주는 사람 없이 아버지와 아들 단둘이 살고?"

문틈으로 거실 불빛과 더불어 할머니 목소리까지 새어 들어왔다. 살려 준 건 고마운 일이지만 저 할머니 관심 구역 안에 드는 일은 어쩐지 꺼림칙했다. 고맙다는 인사 받았으면 알아서 돌아갈 것이지…….

"갑자기 아내가 사고를 당하고 중환자실에 있다가 그렇게 가고 나니까, 아이 충격이 이만저만 큰 게 아니었어요. 장례식 끝나고 한 며칠은 일어나지도 못해서 병원에 데려가려는데 질색을 하며 거부하더라고요. 그 뒤로 집 밖으로는 아예 나가질 않으려고 해요."

아빠가 하는 말을 들으니 더 이상 누워 있을 수만은 없었다. 상대가 누구든, 내 얘기를 함부로 하는 건 참을 수가 없다.

"그럼 학교는? 학교도 안 나가고?"

나는 책상 위를 더듬어 손에 잡히는 대로 아무 책이나 집어 던졌다. 책은 방문까지도 가지 못하고 바닥에 떨어졌다.

"자기 얘기 하지 말라는 뜻이지? 얘! 나도 남의 집 답답한 얘기에 흥미 없으니까 신경 쓰지 말고 잠이나 자! 고양이처럼 남의 말 엿듣지 말고."

용케 그 소리를 들었는지 할머니가 목소리를 높였다.

"죄송합니다. 그런데 아까 그 응급 처치는 뭐예요? 그런 건 어디서 배우셨어요? 저희 애가 먹은 것 뱉어 내기 전까지는 진짜 뭐 하시나 했거든요. 저는 응급 처치라면 인공호흡이 다인 줄 알았는데……."

아빠가 멋쩍은 듯 화제를 돌렸다.

"하임리히법이라고 기본 응급 처치에 조금만 관심 있으면 쉽게 배울 수 있어요. 우리나라 사람들은 응급 처치에 대해 몰라도 너무 몰라. 그러니 무조건 등만 때려 대지. 그러고 보면 김 선생은 애 키울 때 별로 힘들지 않았나 봐요."

"아, 예, 아이 엄마가 알아서 다 하는 편이기도 했고, 변명 같지만, 저런 증세는 애 엄마 간 뒤에 생긴 일이라 절절매고만 있습니다. 그나저나 약속해 놓고 자동차는 봐 드리지도 못했네요. 내일이라도……."

"이 판국에 자동차가 뭐라고……. 근데…… 뜬금없이 들리겠지만 나, 한 몇 달만 이 집에서 지내면 안 될까요? 아까 김 선생이 아들 데리고 들어간 뒤에 살살 돌아보니 빈방도 하나 있습디다."

나는 너무 놀라 아픈 것도 잊고 자리에서 벌떡 일어나 앉았다. 저 할머니가 지금 무슨 소리를 하는 거지? 아빠도 나만큼 놀랐는지 아무 대답도 못 하는 것 같았다.

"내 얘기가 너무 갑작스러운가? 김 선생이 당황하니 말 꺼낸 내가 더 민망하네요."

"아까 말씀하시기로는, 최근에 이 동네로 이사 왔다고 들은 것 같은데…… 제가 잘못 들었나요?"

"제대로 들은 거 맞아요. 퇴직하니까 일단 다니던 일터에서 먼 곳으로 이사하고 싶어집디다. 일하는 동안 사람들한테 하도 시달려서 그런가, 부산스럽지 않고 화단이 있는 아파트 1층을 찾아다녔어요. 마침 여기 꽃나무 많은 화단이 내 맘에 꼭 들었는데, 이 동에는 나온 집이 하나도 없더라고요. 살던 집은 이미 팔아서 곧 나와야 하지, 부동산에서는 마음에 드는 1층 집이 나올 때까지 무조건 기다려야 한다고 하지, 하는 수 없이 입구 쪽 빈집으로 덜컥 이사부터 했잖아요. 그렇게 한 보름 살았나? 이번에는 아기 낳은 조카딸이 쳐들어온 거예요. 사람 많은 산후조리원보다 혼자 사는 이모네가 편하다면서. 제 엄마까지 불러들이고 나니 어디 내 집 같아야지요. 산모 때문에 종일 창문도 못 열지, 들어가면 젖 냄새에 아기 토한 냄새까지 진동하지, 애는 밤낮 안 가리고 빽빽 울어대지, 내 집에서 책 한 권을 마음대로 못 본다니까요. 집에 정도 붙기 전에 자꾸 일이 생기니까 눈만 뜨면 나와서 여기 화단 앞을 서성거리게 됩디다. 그러다가 김 선생도 만나게 된 거고요. 한 석 달만 지나면 산모도 제집에 갈 테니 그때까지만이라도 여기서 실컷 꽃나무 보며 지내면 좋겠다 싶어서요.

물론 공짜로 있겠다는 건 아니에요. 뭐, 내가 어떻게 말해도 주인이 싫다면 어쩔 수 없는 거니까요."

당연히 싫지. 집을 살 만큼 돈을 준다고 해도 절대로 안 되는 일이다.

"여사님 사정은 딱하지만, 보시다시피 제 아들이 지나치게 예민한 편이라, 남하고 한집에서 어울릴 수 있는 성격이 못 됩니다. 정말 죄송합니다."

예상한 대로 아빠는 할머니의 청을 정중하게 거절했다. 우리 집에 들어올 생각을 하다니, 한마디로 어이가 없었다. 나 같았으면 죄송하다는 말 따위도 하지 않았을 텐데. 어쨌거나 아빠의 말을 듣고 나니 갑자기 온몸이 노곤해졌다. 지금부터는 편하게 쉴 수 있을 것 같았다.

"아니, 졸라 댄 사람 무안하게, 왜 그쪽이 죄송하다는 거예요? 주인이 세줄 생각 없으면 그만이지…… 나야 잠깐 봤으니, 이 집 아들 별스러운 성격이 어떤지는 알 도리가 없지만, 먹는 걸로 스트레스 푸는 건 정서적으로나 건강상으로나 좋을 건 없어요."

남이야 스트레스를 어떻게 풀건 무슨 상관이냐고! 참 별나게도 심통을 부리는 할머니다.

"제 선에서 할 수 있는 방법은 다 해 봤는데, 나아지기는커녕 상황만 점점 더 안 좋아지더라고요. 저러다 더 나빠질까 봐 겁도 나고요. 주변에 도움 청할 만한 사람도 없지만, 있다

해도 아들이 못 견뎌 하니 어떻게 해야 할지 모르겠어요."

아빠가 목소리까지 떨며 왜 내 얘기를 하는 건지 나는 이해할 수가 없었다. 남이잖아, 우리와 아무 상관 없는 사람한테 왜 내 얘기를 함부로 하냐고!

"그게 고민이라면 생각할 것도 없이 나한테 방을 세줘요. 그럼 문제 하나는 해결하는 셈이니까."

"그게 무슨 말씀이신지……."

할머니 말뜻이 궁금한 건 아빠뿐이 아니었다. 나도 모르게 숨을 죽이고 바깥에서 나는 소리에 귀를 기울였다.

"나로 말할 것 같으면, 한 달 전까지만 해도 병원에 있었거든요. 내 자랑 같긴 하지만 꽤 유능한 간호사였어요. 이제 퇴직하고 출근할 일도 없을 테니, 그야말로 김 선생이 원하는 조건에 딱 맞는 사람 같지 않아요?"

뭔가 머릿속이 아뜩해지는 느낌이 들었다. 엄마와 마지막으로 작별해야 했던 중환자실. 냉랭한 얼굴로 바쁘게 돌아다니던 의사와 간호사들. 저 할머니도 그런 사람들 중 하나였다고?

"아, 그러세요? 어쩐지……. 그럼 만약 저희 아들한테 무슨 일이 생기면 도와주실 수 있겠네요? 아, 물론 아까 같은 일이 자주 있는 건 아니지만, 한 번씩 사람 깜짝 놀라게 할 때가 있거든요."

아빠의 들뜬 목소리가 몹시 거슬렸다.

"뭐, 바로 곁에서 불이 나는데 구경만 할 수 있겠어요? 아무것도 모르는 사람보다야 내가 낫겠죠. 그나저나 김 선생은 정말 운 좋은 사람이네요. 어디 가서 나처럼 꼭 필요한 경력에 성실하기까지 한 세입자를 만날 수 있겠냐고요. 안 그래요? 그럼 나, 저 방을 써도 되는 거죠?"

눈 깜짝할 새 일이 엉뚱한 방향으로 번지고 있었다. 우리 집에 할머니가 와서 살겠다고? 도우미 아주머니처럼 일주일에 한두 번 오는 게 아니라 우리 집에서 먹고 자겠다고? 이건 말이 안 된다. 아빠가 저 말에 넘어가면 큰일이다. 나는 휴대폰부터 찾았다. 아빠한테 지금 무슨 짓을 하느냐고, 절대로 안 되는 일이라고 메시지를 보내야 했다.

"그래도 아들하고 상의는 해 봐야 할 것 같은……."

'상의할 필요도 없어. 무조건 안…….'

아빠 말이 끝나기도 전에, 내 문자 메시지의 마침표도 찍히기 전에 할머니가 우리의 입과 손을 막았다.

"뭐, 방에서 고양이처럼 다 듣고 있을 텐데 아무 말도 하지 않네. 생색내려고 하는 말이 아니라, 만약 아까 내가 이 집에 들어오지 않았으면, 이 집 아들 오늘 어떻게 되었을지 본인이 제일 잘 알지 않겠어요? 뭐, 살려 준 사람이 이 정도 부탁하는 건 지나치다고 생각하지 않으니까 잠자코 있는 거 같은데요."

나는 절대로 안 된다고 문자 메시지를 쓰다 말고 어이가 없어서 잠깐 숨을 가다듬었다. 할머니가 들어오려고 하지 않았으면 애초에 없었을 일이라는 걸 어떻게 납득시킬 수 있을까? 아니다. 믿고 싶은 대로 믿으라고 하지, 뭐. 할머니가 간 뒤에 아빠와 얘기해도 늦지 않을 테니까. 앞뒤가 어떻게 됐든, 할머니 도움을 받은 건 사실이니까 잠깐만 참자. 내가 보일 수 있는 성의는 딱 여기까지다.

3. 할머니 입성기

그날 할머니가 우리 집을 보며 입맛을 다실 때 알아봤어야 했다.

저 할머니의 최종 목표는 우리 집을 접수하는 것이고, 그것을 위해 이미 예전부터 치밀하게 작전을 짰을 것이다. 우리 집 발코니 밑에서 큰소리로 싸워 가며 자기 존재를 알리고, 아빠가 나올 때를 기다려서 일부러 차를 고장 낸 건지도 모른다. 그러고는 시간을 끌며 어떻게 해서든지 우리 집에 들어올 기회를 노렸겠지.

이해할 수 없는 건, 하필 그 시간에 내가 할머니의 도움을 받을 수밖에 없게 된 상황이었다. 다른 사람 같았으면, 내 모습을 보고 놀라거나 모르는 척 도망가는 게 정상인데, 저 할머니한테는 오히려 그것이 기회가 되다니. 도무지 모를 일이다.

아니, 어쩌면 그것도 할머니가 지능적으로 짠 계략에 아빠와 내가 말려든 건지도 모른다. 낯선 사람이 우리 집에 왔을 때 내가 난리 쳤던 게 어디 한두 번인가? 나와 아빠를 도와주려고 몇 번 찾아왔던 고모도 결국 오지 못하게 했는데. 이웃에 사는 사람 한두 명만 붙들고 물어보면 그 정도의 정보는 얼마든지 캐낼 수 있었을 것이다.

1층 집 아들이 엄마가 죽은 뒤에 학교는 물론이고, 집 밖으로 한 걸음도 안 나간다더라, 그 애 아빠는 자식 때문에 하루에 한두 번씩 나가떨어지는 것 같더라, 도우미 아주머니도 없이 남자 둘이서 사는 게 보기 딱하더라, 위급해서 부른 구급차도 돌려보낼 정도로 저 집 아들 성질이 보통이 아니더라……. 남들 입에 오르내릴 정도로 요란했으니, 당연히 저 할머니 귀에도 들어갔겠지.

할머니가 우리 집에 처음 온 날, 들어와 살고 싶다고 할 때 바로 안 된다고 했어야 했는데, 왜 나는 그 순간 주저했을까? 할머니 말처럼 살려 준 사람 부탁이라는 말에 정말로 마음이 약해진 건가? 어쨌거나 아니라고 말할 기회를 잠깐 놓친 대가는 실로 어마어마했다. 나는 할머니가 돌아갈 때까지 기다리지 못하고 그만 잠이 들고 말았다. 다음 날 눈 뜨자마자 아빠한테 얘기하려고 뛰어나갔는데, 할머니가 우리 집 거실에 앉아서 편안한 얼굴로 차를 마시고 있었다. 이미 서명까지 마친 계약서를 들고서.

"하루라도 빨리 들어오는 게 낫지, 시간 끌어서 좋을 게 뭐가 있겠어요? 매일 눈앞에서 화단을 볼 수 있다고 생각하니 좋아서 잠이 다 안 옵디다. 물론 이사 온다고 좋은 일만 생기는 건 아니겠지만 말이에요. 그래, 넌 속 좀 괜찮니?"

할머니가 놀라서 입을 다물지 못하는 나를 보며 말했다.

"어젯밤에 의논하려고 들어갔더니, 모처럼 깊이 잠들었기에 그냥 나왔어. 어차피 누군가 와야 한다면 나는 여기 계시는 조영분 여사님만 한 분도 없을 것 같거든. 네가 깨면 그 얘기를 좀 더 하려고 했는데……."

"내가 부지런을 떤 거지. 그런데 누가 보면 김 선생이 아들한테 무슨 죽을죄라도 진 줄 알겠네요. 그렇게 결정했다고 하면 되지, 쩔쩔맬 것까지야……."

나는 할머니 말을 더 듣고 있을 수가 없어서 방으로 들어갔다.

"애가 원래 순한데, 다른 사람들 앞에서만 좀 예민합니다. 지내시면서 처음에는 석균이 때문에 좀 불편하실 수도……."

"대충은 알겠습디다. 뭐, 세입자가 집주인 성격까지 탓하며 살 수 있나? 저 정도면, 뭐. 병원에 있을 땐 별난 환자나 보호자가 얼마나 많은지, 아마 김 선생은 상상도 못할걸요."

"그래도 그런 사람들을 다 상대하셨다니, 저한테는 큰 위

안이 되네요. 아무쪼록 우리 애가 좀 팍팍하게 굴더라도 이해해 주십시오."

"아니, 이 부분은 분명하게 짚고 넘어갑시다. 나는 집주인의 별난 아들 보살피러 오는 게 아니라, 이 집이 좋아서 들어오는 거예요. 어제처럼 특별한 경우가 아니면 내가 나서는 일도 없을 거니까 다른 기대는 안 하는 게 좋아요."

저런 말을 듣고도 뭐가 좋은지 아빠 웃음소리가 들려왔다.

나는 아빠한테 할머니를 집에 들여서는 안 된다고 메시지를 보냈다. 어제처럼 놀라게 하는 일은 두 번 다시 저지르지 않겠다는 맹세와 만약 할머니가 들어와 살게 되면 무슨 일이 벌어질지 책임 못 진다는 협박도 함께 적어 보냈다.

"나도 너만큼 얼떨떨해. 하지만 어차피 누군가는 집에 와야 하는데, 그게 조 여사님이라면 아빠 마음이 좀 놓일 것 같아. 말은 좀 뚝뚝하게 하셔도 마음은 따뜻한 분이시더라고."

할머니가 돌아간 뒤에 아빠가 내 방에 들어와서 말했다.

'아니, 어제 처음 본 할머니를 아빠가 알면 얼마나 안다고 집에 들이겠다는 거야! 정체도 모르는 할머니한테 나를 떠맡기고 아빠 혼자 마음 편하고 싶은 거잖아!'

속에서 불덩이 같은 게 치미는데도 나는 아무 말도 하지 않았다. 내가 상대해야 할 사람이, 떼써서 돌려보낼 수 있는 도우미 아주머니도 구급대원도 아니기 때문이었다. 마녀 같은 할머니, 아무리 생각해도 만만찮은 상대다. 내가 분한 건,

구시렁대면서도 나 역시 할머니가 들어와서 사는 것을 어쩔 수 없는 사실로 받아들이고 있기 때문이었다. 그리고 그 사실은 곧 현실이 되었다.

여름방학이지만 진로 상담을 해야 하는 아빠는 거의 매일 학교에 출근했다. 할머니가 오기로 한 날 아침 일찍 아빠가 내 방에 들어왔다.

"일찍 나가야 하는데, 굳이 오늘 오전에 조 여사님이 오신다네. 갖고 올 짐도 거의 없다고 하지만, 어쨌든 이사는 이사니까 많이 어수선할 거야. 반기지는 못해도 지나치게 예의 없이 굴지 않았으면 좋겠어. 밥 차려 놨으니까 꼭 챙겨 먹고. 되도록 일찍 올게."

나는 대답 대신 홱 돌아누웠다. 아빠는 신발 신으면서 한 번 더 주의를 주고는 현관문을 열고 나갔다. 그리고 10분이나 지났을까? 초인종 소리가 요란하게 울렸다. 현관문을 열러 나가는데도 성질 급한 할머니는 초인종을 누르다 말고 문을 두드리며 소리쳤다.

"아직도 자는 거야? 해가 중천에 떴어! 석균아! 문 좀 열어 봐."

내가 문을 열자마자 할머니는 냉큼 현관으로 들어섰다. 여행용 가방 하나만 끌고서.

"현관 키 번호부터 불러 봐. 오늘도 안 열어 주면 열쇠 수리하는 사람 부르려고 했어."

할머니는 다짜고짜 휴대폰을 내 코앞에 들이대며 말했다. 나는 할머니 휴대폰 메모판에 아빠한테 물어보라고 써서 돌려주었다.

"그러지 뭐. 문 열어 준 것만 해도 어딘데, 그깟 것 누구한테 물어보면 어때?"

웬일인지 할머니는 별말 없이 순순히 휴대폰을 주머니에 넣고는 앞으로 할머니가 쓰게 될 현관 옆에 있는 방으로 들어갔다.

"청소도 다 해 놔서 방에 손댈 게 하나도 없네. 서랍장도 깨끗하게 비워 놓고. 집주인이 보기보다 깔끔한 성격인걸."

할머니가 거실로 나와 꼼꼼하게 둘러보며 말했다.

깔끔하기는. 새벽까지 아빠가 들락거리며 치운 짐이 안방 한구석에 처박혀 있을 텐데.

나는 할머니가 거실에서 어슬렁거리는 게 싫어서 방에 들어가지도 못하고 지키고 서 있었다.

"흠, 이 볕 좋은 곳에서 이렇게 컴컴하게 있다니……. 갑갑해, 갑갑해."

할머니는 성큼성큼 걸어와 나를 지나치더니 거실 커튼을 활짝 열었다. 굳건하게 막아섰던 요새가 뚫리자 겹겹이 둘러쌌던 빛이 하염없이 들어왔다. 나는 눈이 부셔서 손으로 얼굴을 가렸다.

"이제 됐다. 볕 아래 화단도 보이니 훨씬 좋잖아."

남의 집에 와서 주인처럼 행동하는 할머니가 싫어서 한마디 하려는데, 갑자기 휴대폰이 울렸다.

　"아니, 302동을 왜 못 찾아요! 화단이 제일로 큰 데라니까요! 그 화단 뒤 바로 1층 집이 여기고. 내가 나가 있을 테니 날 보고 찾아와요."

　할머니는 휴대폰을 끄고는 발코니에 구부정하게 서서 손을 흔들었다. 달랑 가방 하나가 짐 전부인 줄 알았는데 올 짐이 더 있는 모양이었다.

　집 앞에 트럭 한 대가 서더니 아저씨 둘이 꽤 큰 꽃나무 화분 하나를 들고 낑낑거리며 들어왔다.

　"어디에다 놓을까요? 이 큰 걸 놓으려면 저 화분들을 좀 치워야 자리가 날 것 같은데……."

　화분을 들었다 놨다 하는 일이 귀찮아서인지 아저씨들은 땀을 비 오듯 흘리면서도 화분을 내려놓지 않고 들고 서 있었다. 나는 얼른 커튼을 다시 치고는 컴컴해진 거실 창을 등지고 서서 팔짱을 꼈다.

　"일단 저기 창 앞에다 놔요. 내가 발코니 정리 좀 하고 옮길 테니. 날도 더운데, 수고들 했어요."

　아저씨들이 화분을 내 곁에 놓고 돌아갈 때까지 나는 그 앞에서 꼼짝도 하지 않고 서 있었다.

　"혹시 내 화분을 거기에 내놓지 못하게 하려고 그러는 건 아니지?"

나는 대답 대신 어깨만 으쓱했다.

"그럼 그 큰 화분을 거실 한복판에 놓으라는 거야?"

할머니 말을 알아듣기라도 한 것처럼 꽃나무 잎이 자꾸 내 팔을 건드렸다.

"그것도 안 되죠. 할머니 방은 저기고, 이 거실과 발코니는 우리 구역이잖아요. 할머니 물건을 왜 여기에다 둬요? 커튼도 마음대로 열고……."

나는 꿈쩍도 하지 않는 화분을 다리로 밀어 보며 말했다.

"깜짝이야. 난 할머니, 할머니 하기에 이 집에 누가 또 있나 했네. 너, 나더러 할머니라고 한 거니?"

할머니가 어처구니없다는 표정으로 되물었다. 내가 고개만 까딱하자 할머니가 거만한 표정을 지으며 말했다.

"우선, 난 할머니가 아니니까 적당한 호칭부터 찾는 게 좋을 거야. 그리고 이건 물건이 아니라 햇빛이랑 바람이 있어야 제대로 살 수 있는 나무야. 나한테는 오랫동안 같이 지낸 식구 같은. 그걸 알면서도 그렇게 고약을 떨어야겠니?"

할머니는 마치 나무가 할머니 말을 알아듣는다는 듯 나무를 향해 고개를 끄덕이며 말했다.

"그건 제 알 바 아니고요. 분명한 건 여기에 할머니 물건을 놓을 수는 없다는 거죠. 정 햇빛이랑 바람이 필요하면 할머니 집에 갖다 놓으시든가요."

"그럴 수 있으면 내가 얘를 데려왔겠니? 여기 시들시들한

잎, 안 보여? 주먹만 한 화분에 있을 때 나한테 와서 이만큼 자란 녀석이라고. 어떻게 해도 볕이 부족해서 이 집에 데려온 건데, 아무리 집주인이라지만 좀 너무한 거 아니니?"

할머니가 약이 잔뜩 오른 목소리로 말했다.

"너무한 건 내가 알아서 할 테니까 이 화분은 할머니가 알아서 가져가시라고요."

"나, 할머니 아니라니까!"

할머니는 소리를 꽥 지르고는 인정머리 없다며 방으로 들어갔다. 욕은 먹었지만, 처음으로 할머니를 이긴 것 같아 기분이 나쁘진 않았다. 이긴 김에 마무리까지 깔끔하게 하고 싶어서 나는 낑낑대며 화분을 할머니 방문 앞까지 끌어다 놓았다. 식구는 모여 살아야 하니까. 거실 바닥에는 승전 기념비 대신 화분에 긁힌 생채기가 길게 남았다.

아침부터 지나치게 신경을 쓴 탓인지, 정오도 되지 않았는데 피곤이 몰려왔다. 아빠가 차려 놓은 것을 대충 먹고 들어가니 어제 보다 만 영화도 영 내키지 않았다.

안대를 쓰자마자 거실에서 전화 소리가 요란하게 울렸다. 세 번, 네 번⋯⋯. 몇 번이나 울리면 전화 건 사람이 포기할까? 한 열 번쯤?

"집주인! 전화 안 받아?"

방문을 두드려도 내가 꿈쩍하지 않자 할머니는 한마디를 보탰다.

"세입자가 집주인이 안 받는 전화를 대신 받는 건 괜찮은 건가? 아, 여보세요!"

지난 몇 달 동안 나는 집으로 걸려 오는 전화를 거의 받지 않았다. 상황을 모르고 엄마를 찾는 사람에게는 뭐라고 해야 할지 모르겠고, 섣불리 위로하려 드는 사람에게는 욕부터 하게 될까 봐 꺼려졌다. 그러다 보니 낮에 울리는 전화는, 나와 무관한, 다른 세상에 속한 것이었다. 이를테면 텔레비전 드라마나 영화 속에서 나오는 장면 같은 거랄까?

"얘, 전화 좀 받아 봐. 고모라는데, 왜 모르는 사람이 전화를 받느냐며 난리야. 세 든 사람이라니까 믿지도 않고, 네가 안 받으면 당장 경찰에 신고하겠다는데."

나는 할머니가 방에 들어가는 소리를 확인하고서야 전화기를 들었다. 성격 급한 고모가 그때까지 기다리고 있을 리 없었다. 수화기를 내려놓자마자 벨소리가 다시 울렸다.

"석균이니? 좀 전에 전화 받은 사람, 누구야? 세 든 사람이라니, 네 아빠 요즘 힘들어? 고모인 나도 드나들지 못하는 집에 웬 낯선 사람이냐고!"

고모 말투에는 언짢은 마음이 고스란히 실려 있었다.

"고모한테 다 말해 봐. 너, 괜찮아? 그 사람이 옆에 있어서 아무 말도 못 하는 거야? 고모가 지금 갈까?"

나는 잠깐 동안 저 할머니 내쫓는 일에 고모가 적임자일지도 모른다는 생각을 했다가 퍼뜩 정신이 들었다. 할머니야

석 달만 있으면 알아서 나갈 테지만, 고모는 다르다. 전화 받지 않는다는 것을 알면서도 일단 걸고 보는 집요한 성격이라면, 이 일을 빌미 삼아 수시로 드나들고도 남을 사람이다.

"아니요, 안 오셔도 돼요. 세 든 사람도 오래 있지 않을 거니까 걱정 마세요."

고모는 나한테서 듣고 싶은 이야기를 끝내 들을 수 없자 미심쩍어 하면서 전화를 끊었다. 이제부터는 아빠가 시달리겠지.

왕왕 울리던 고모 목소리에서 놓여나 방에 들어오니 세상이 갑자기 고요해졌다. 그러나 그것은 아주 잠깐 동안의 고요였다. 내가 방에 들어가자마자 할머니가 부엌에서 부스럭대는 소리가 들려왔다. 고모 전화까지 더해져서 과하게 전투를 치르고 나니 지금은 할머니가 화분을 부엌에 갖다 놓는다 해도 뭐라고 할 엄두가 나지 않았다. 그러면서도 내 신경은 온통 할머니가 내는 소리에 집중하고 있었다.

식탁에 뭔가 올려놓는 소리, 비닐봉지 벗기는 소리, 의자 끄는 소리, 수저 달그락거리는 소리, 물 마시는 소리, 띄엄띄엄 혼자서 중얼거리는 소리……. 그렇다고 조용히 해 달라고 소리 지를 만큼 큰 소리도 아니었다. 그저 작고 고요하지만 끊어지지 않는 소리가 왠지 익숙하게 느껴졌다. 이사 온 지 몇 시간도 안 돼서 우리 집은 벌써 할머니한테 점령당하고 만 것인지도 모른다.

딩동.

얼핏 잠이 들었나 싶었는데 휴대폰 메시지 알람 소리에 정신이 들었다.

나 살 게 있어서 잠깐 외출한다. 네 아버지가 현관 비밀번호도 문자로 보내 줬으니까 신경 안 써도 돼.

아빠가 현관 비밀번호에 내 전화번호까지 할머니한테 알려 준 모양이다.

문소리도 안 들렸는데 내 방 창밖에서 할머니가 인사하는 소리가 들려왔다. 우리 집에 들어오니까 화단이 더 곱다는 얘기, 우리 집에 대해 묻는 사람들한테 그럴 시간에 화단 잡초나 더 뽑으라며 한마디 해 주고 멀어져 가는 소리……. 보지 않아도 상상이 간다. 팽하니 돌아서서 큰 키가 도드라지게 보이도록 도도하게 걸어가겠지.

이게 무슨 일인지 모르겠다. 나도 모르는 새 저 밉상 할머니를 따라 집 밖을 헤매고 있는 이 잡념 말이다. 내 방과 완전히 분리된 다른 세상엔 그동안 전혀 관심이 없었는데.

나는 도리질을 치며 안대를 다시 썼다. 속없이 할머니를 따라나섰던 잡념도 그제야 내 이불 속으로 기어 들어왔다.

4. 협상의 달인

"에이, 말도 안 돼요. 파도가 들어왔다 나가면서 다음 파도와 부딪칠 수는 있어요. 하지만 파도가 세 방향으로 와서 부딪칠 수는 없어요. 조 여사님이 잘못 보신 거 아니에요?"

아빠 목소리가 들리는 걸 보니 나도 일어날 때가 됐다.

저녁 여덟 시.

텔레비전 프로그램을 보며 아빠와 할머니가 다투는 시각이고, 초저녁잠에서 내가 깨어나는 시각이기도 하다. 저녁 여덟 시에 일어나야 아빠가 퇴근하는 모습도, 같이 식사해야 하는 일도 피할 수 있기 때문이다.

"아, 그냥 앉아서 바보 된다는 게 이런 거구나. 바로 이 프로그램이었다니까요. 종이 어딨지? 내가 그릴 테니 잘 봐요.

여기에 이렇게 섬이 하나 있고, 여기와 여기에 큰 바위 두 개가 떨어져서 기둥처럼 서 있습니다. 보통은 파도가 이 방향으로 들어오잖아요? 그런데 여기 지형 탓인지 양 끝 바위에 부딪친 파도가 돌아 나오다 여기쯤에서 제대로 들어오는 파도랑 정면으로 부딪치는 거예요. 그러니 그 소리는 또 얼마나 어마어마하게 컸겠냐고요!"

할머니가 볼펜을 소리 나게 내려놓고는 팔짱을 끼었다. 자세하게 설명했으니 이제 인정하라는 듯이.

아빠는 안경을 벗고 할머니가 그린 그림을 뚫어지게 살피며 고개를 갸웃거렸다. 할머니는 이 논쟁에 쐐기를 박으려는 듯 검색해서 그 섬 이름을 찾겠다며 휴대폰을 꺼내 들었다.

내가 저녁을 다 먹고 치울 때까지 두 사람에게 나는 투명 인간이나 마찬가지였다. 나는 그게 좋지도 싫지도 않았다.

예전에는 혼자 저녁을 먹고 있으면 아빠가 다가와 몇 마디 건네다 지쳐 텔레비전을 켜곤 했다. 함께 있으면 침묵마저 어색하다는 걸 아빠도 아는 것 같았다. 그때 텔레비전이 없었다면 우리는 어떻게 견뎠을지 모르겠다. 그렇게 익숙해지는 듯했는데 할머니로 인해 저녁 여덟 시 우리 집 모습은 내게 몹시 낯선 풍경이 되어 버렸다.

"여사님 말대로 파도가 세 군데에서 들어온다 쳐도 말이 안 되는 게, 첫째는 일단 부딪친 뒤에는 어떤 파도라도 위력이 떨어지기 마련이에요. 둘째, 이 거리가 얼마나 되는지 모르겠지만, 설사 파도의 위력이 어느 정도 살아 있다 해도 한 곳에서 지속적으로 일어난다면 여기에는 퇴적물이 쌓여 있겠지요. 다시 말해서 파도의 방향과 힘과 지형적인 부분에서 다 문제가 있어요."

아빠는 종이 위에 그림을 덧그려 가며 설명했다. 어떤 날은 농산물 유통 갖고 다투고 어떤 날은 나비의 종류 갖고 다투더니 지금은 파도가 문제인 모양이다.

"알았어요. 이 건은 김 선생 말이 맞다 칩시다. 여기에 뭐라고 써넣어야 그 섬을 찾을 수 있는지도 모르겠는데, 봤다고 우겨 봤자 억지 부리는 꼴밖에 더 되겠어요?"

할머니는 좀 전에 그렸던 그림 위에 휴대폰을 내려놓으며 말했다. 이렇게 빨리 포기하는 건 좀처럼 보기 드문 일이다.

"아니, 그렇게 말씀하지 마시고요. 제 설명이 부족했으면 다시 말씀드릴게요. 만약 기상 이변이 일어난다면……."

"아, 알아들었다니까요!"

아빠가 최후의 항복을 받아 내려 하자 할머니가 빽 소리를 지르고는 말을 이었다.

"김 선생 눈에는 내가 억지 쓰면서 우기는 사람처럼 보이나 보죠? 설명도 다 이해했으니까 못 알아듣는 학생 취급하지 맙시다."

나는 웃음을 참으려고 냉장고에서 물을 꺼내 마셨다. 어제도 우겼으면서…….

가끔 저 두 사람은 싸우려고 텔레비전을 함께 보는 게 아닌가 싶기도 하다. 할머니 말이 맞을 때 아빠는 인정하자마자 자리를 뜬다. 스스로 틀렸다고 인정한 그 자리에 앉아 있기 힘들기 때문일 것이다. 할머니는 웬만해서는 먼저 일어나지 않는다. 다른 거라도 꼭 반격을 해야 잠이 오는 모양이었다.

"그런데 김 선생은 평소에는 순한 양 같다가 한번 발동이 걸리면 완전 다른 사람이 된다는 거, 본인은 알고 있우?"

이런 식으로 말이다.

"제가요? 그런가? 전 잘 모르겠는데요."

아빠는 그런 소리 처음 듣는다는 듯 너털웃음을 지었다.

반격이 제대로 먹히지 않을 때의 할머니 표정까지 확인했으니 슬슬 퇴장할 시간이다. 무엇보다 학생 가르치듯 하는 아빠 말투를 할머니도 나만큼 싫어한다는 걸 알았으니 성과가 없는 것도 아니고.

"근데 저기 못 보던 화분 같은데 이름이 뭐예요? 잠깐 만졌는데도 향이 굉장하던걸요."

아빠는 나를 흘끔거리더니 발코니 한쪽 선반에 놓인 작은 화분을 가리켰다.

"로즈마리, 내가 좋아하는 거라우. 향 좋죠?"

"예. 근데 그 옆에 있는 것이 로즈마리라고 하지 않았어요? 그저께 가져오신 거요."

"그건 애플민트. 다 허브 종류이긴 하지만 향이 다르고 쓰임이 달라요. 애플민트는 잎만 따서 뜨거운 물에 우려……."

할머니가 작은 화분을 일일이 가리키며 설명하는 동안 아빠는 따로 궁금한 게 있는 표정으로 나를 빤히 쳐다보았다. 화분이 놓이게 된 영문을 묻는 눈빛이었다. 나는 답해 줄 생각이 없기 때문에 그냥 가만히 서 있었다.

할머니는 이사 온 첫날부터 나와 실랑이를 벌이게 했던 문제의 화분 말고도 또 다른 식구를 데려와서는 엄마 화분들 사이에 자리를 잡게 했다. 그뿐이 아니었다. 분무기나 삽, 영양제 따위가 놓여 있던 선반은 어느새 이름 모를 할머니의 작은 화분들이 차지하게 되었다.

첫날 할머니의 큰 화분 때문에 나와 큰소리로 싸웠던 걸 생각하면 아빠는 지금 이 상황을 도저히 이해할 수 없을 터였다.

그날 아빠는 퇴근하자마자 내가 할머니 방문 앞까지 끌어다 놓은 화분을 발코니에 갖다 놓았다. 내가 화분이 왜 저기에 있느냐고 화를 내자 아빠는 애처럼 굴지 말라며 내게 되물었다.

"엄연히 화분 놓는 곳이 있는데 왜 그걸 방문 앞에 둬? 사람 드나들지도 못하게!"

"방 하나만 빌려준 거지, 발코니까지 빌려준 건 아니잖아! 방문 앞에 놓는 게 싫으면 할머니 집에 갖다 놓으면 되는 거 아냐?"

"그걸 말이라고 해? 화단의 꽃이랑 나무가 좋아서 우리 집에서 사시겠다는 분인데, 정작 당신 화분은 놓지도 못한다는 게 말이 돼?"

"나한테는 말이 돼! 나는 저 자리에 다른 게 있는 건 싫단 말이야!"

내가 발코니로 나가 할머니 화분을 끌어내려 하자 아빠는 내 팔을 잡아당기며 나를 막아섰다.

"참는 데도 한계가 있어. 네가 어린애야? 왜 아무것도 아닌 일에 억지를 부려? 이성적으로 생각해! 이게 말이 되는지."

나는 아빠한테 잡힌 팔을 빼고 몇 걸음 떨어진 곳에 있는 가장 작은 엄마 화분을 집어 들었다.

"너, 그거 내려놔! 뭐 하는 짓이야?"

아빠가 목소리까지 떨며 소리쳤다. 아마도 내가 들고 있던 화분을 집어 던질 거라고 생각한 모양이었다.

"저 화분을 못 뺀다면, 여기에 있는 엄마 화분들을 다 내 방으로 옮길 거야."

아빠가 온몸을 부들부들 떨며 내 곁으로 다가오려는 순간 할머니가 끼어들었다.

"내가 석균이랑 얘기할 테니까 김 선생은 눈에 힘부터 좀 빼요. 석균이보다 내가 더 떨고 있는 거 안 보여요?"

"죄송합니다. 석균이 지금, 저한테 화가 나서 여사님한테 억지 부리며 떼쓰는 거예요. 여사님은 신경 쓰지 마세요."

아빠가 할머니한테 사과했다.

"이사 온 첫날부터 내 화분 때문에 이렇게 시끄러운데 내가 해결하는 게 맞지요. 그러니 김 선생은 이 건에 대해선 나서지 않는 게 좋겠어요."

"그래도 화분을 도로 가져……."

"도로 가져가든, 가져오든 내가 알아서 한다니까요!"

할머니는 아빠 말을 딱 자르고는 내게 다가와 작은 소리로 말했다.

"우선 네가 자꾸 잊어버리는 것 같아서 친절하게 다시 해 주는 말인데, 나는 할머니가 아니야. 내가 퍽 너그러운 사람이긴 한데, 잘못된 호칭은 딱 질색이거든. 일단 화분 얘기는 여기서 끝내고, 내일 내가 기가 막힌 제안을 할 테니, 당사자끼리 다시 협상하는 게 어때? 너한테 이런 기회를 주는 거, 쉬운 일 아니다. 알아?"

"엉뚱한 소리 하기 없기예요!"

할머니가 그게 무슨 뜻이냐며 어깨를 으쓱했다. 그리고 다음 날 아빠가 출근하자마자 할머니는 내 방문을 두드렸다.

"네 아버지는 내 화분을 집에 가져가지 않는다는 조건으로 이 일에 끼지 않겠다고 했어. 나도 집으로 가져갈 생각은 없고. 자, 여기까지가 협상 테이블에 앉기 전 내 쪽 조건이야.

너는 내 화분을 발코니에만 놓지 않으면 된다는 거지?"

나는 엉겁결에 그렇다고 했다.

"만약 내가 그대로 둔다면 엄마 화분들을 여기로 가져오겠다는 거고? 이 방에 빛도 잘 들어와서 화초들은 잘 자라겠지만, 네 엄마 화분이 한두 개도 아니고 여기에 다 들여놓을 수 있겠어? 저 중에 큰 것들은 이 문으로 들어오지도 못할 텐데."

지금 무슨 소리를 하는 거지? 어떻게 해도 할머니 화분은 못 가져가겠다?

"그래서 하는 말인데, 엄마 화분들이랑 나란히 놓는 게 정 싫으면 차라리 내 걸 여기에 갖다 놓는 건 어때? 달랑 하나만 옮기면 되니까 힘 쓸 일도 없고, 또 내 눈 피해서 가끔 화나면 가지도 부러뜨리고 발길질을 해도 되고 말이야. 어때, 괜찮은 제안 아냐?"

"그걸 말이라고 하시는 거예요? 식구 같은 나무라면서요?"

"왜? 얼마나 합리적이야. 나는 내 나무가 햇빛을 받아서 좋고, 너는 무리하게 저 많은 화분을 옮기지 않아도 되고. 누이 좋고 매부 좋은 일이잖아. 이게 말이 안 되면, 애초에 방문 앞에 화분을 갖다 놓지 말았어야지."

할머니가 히죽 웃는데 나는 어처구니가 없어 잠시 할 말을 잃었다.

"네가 내 화분을 왜 발코니에 놓지 못하게 하는지 난 알아. 엄마가 매만지던 화분 사이에 생뚱맞게 내 화분이 자리 잡고 있으면, 나라도 싫었을 거야. 그런데 그게 다는 아니지? 아무리 돌본다고 해도 그 화분들, 엄마가 있을 때 같지 않아서 신경 쓰일걸. 내 화분을 보니까 시들시들한 엄마 화분이 자꾸 걸려서 그러는 거잖아."

"그런 거 아니에요."

"아니, 내 말이 맞아. 사람이 거짓말을 하면 무의식적으로 오른쪽을 내려다보게 되는데, 네가 지금 그렇거든."

할머니가 확신에 찬 눈으로 나를 바라보았다. 나도 모르게 입술 끝을 깨물었다.

"그래서 말인데, 내가 너희 집 화초들을 다 돌봐 주는 조건은 어때?"

"싫어요! 다른 사람이 만지는 거."

나는 싫다는 말이 할머니한테 닿을 때는 훨씬 더 극적이고 여지가 없이 들리기를 바라며 소리쳤다. 그러나 할머니는 기다렸다는 듯이 대답했다.

"그럴 줄 알았어. 나라고 남의 화분 돌보는 일이 좋겠니? 그럼 할 수 없지 뭐. 같이 하는 수밖에. 내가 돌볼 때 너도 나와. 나와서 물도 주고 분갈이도 하고, 바람도 맞게 하고 햇빛도 보게 해 주면 되잖아. 너, 학교 안 가니까 시간도 아주 많을 거고. 그러다 보면 네 엄마가 돌보던 화초들도 곧 예전처럼 되지 않겠어? 어때, 내 제안?"

나는 고개를 오른쪽으로 돌려야 할지 왼쪽으로 돌려야 할지 알 수가 없었다. 할머니 말이 틀리지 않아서 기분이 더 좋지 않았다.

"싫다는 말을 하지 않으면 괜찮다는 뜻으로 받아들인다. 그럼, 성공적인 협상 기념으로 오늘 점심은 내가 쏘지."

"됐어요."

처음 예상한 데서 너무 멀어진 결과 때문에 몹시 당황스러웠다. 점심 따위로 할머니와 대충 화해할 생각은 더더욱 없었다.

"이성적으로 생각해. 그럼 후회하지 않을걸."

할머니는 전날 아빠의 말을 흉내 내며 내 방을 나갔다.

결론적으로 말하자면 그날 할머니가 큰소리쳤던 협상 기념 점심은 햄버거였다. 할머니는 이래도 되느냐는 내 질문에 이렇게 답했다.

"되냐, 안 되느냐는 그리 중요한 게 아니야. 네가 먹는 걸로 무리하게 스트레스를 풀려다 보니 그날 네 몸이 그렇게 반응한 거지, 어쩌다 한번 맛있게 먹는 건데 뭐가 문제겠어? 이런 기회가 오늘이 마지막이 될지 아닐지는 네 결정에 따라야 하겠지만 말이야."

할머니가 마녀처럼 교활하게 웃으며 햄버거를 내 앞에 펼쳐 놓았다. 잘 익은 고기와 피클과 케첩 냄새가 코를 찔렀다.

"내가 무슨 결정을 해야 하는데요?"

나는 햄버거를 한입 물고 속없이 물었다.

"차차 알게 될 테니까 지금은 맛있게 먹어. 오늘은 협상이 이루어진 역사적인 날이니까."

할머니도 햄버거를 먹으며 대답했다.

"근데요, 거짓말할 때는 무의식적으로 오른쪽을 내려다본다는 말, 심리학 책에 나와요? 아니면 병원 통계에서 나온 거예요?"

나는 아까부터 궁금했던 것을 그제야 물어볼 수 있었다.

"아, 그거? 내가 좋아하는 미국 드라마에서 나온 말인데?"

아, 또 당했다. 내 속을 들킨 것도 짜증 나는데, 할머니 수에 말려들기까지 하다니.

"씩씩댈 거 없어. 병원 통계에서 나왔든 미국 드라마에서 봤든, 너한테는 들어맞았잖아. 그리운 햄버거와도 다시 만났고."

얼떨결에 넘어간 그 역사적인 날이 문제였다. 발코니에 없던 화분이 하나씩 늘어날 때마다 할머니랑 나는 햄버거를 먹었다. 그러니까 새로 들여 놓은 화분의 개수는 그동안 내가 먹은 햄버거의 수인 셈이다.

그렇다고 할머니와 내가 가까워졌느냐 하면 전혀 그렇지 않다. 화분 문제만 빼놓으면 우리는 여전히 호칭 문제부터 커튼 여닫는 것, 청소 영역과 쓰레기 분리수거 건으로 첫날과 다름없이 으르렁거렸다.

"발코니에 여사님 화분들이 떡하니 자리 잡은 걸 보니, 여사님이 우리 석균이와 많이 가까워지신 모양입니다. 조금 더 있다가는 아빠인 저보다 더 사이가 좋아지겠는데요. 비결이 뭔지 나중에 좀 가르쳐 주세요."

아빠가 어울리지 않게 나를 보며 눈을 찡긋했다.

"비결? 김 선생 눈에 그렇게 보였는지 모르겠지만 잘못 봤어요. 이 집 아들, 누구와 친해지기 쉬운 성격 아니라는 거, 아버지가 더 잘 알잖아요. 화분만 보고 내키는 대로 해석하지 말아요."

할머니는 화분들을 살피러 나가며 무심하게 말했다.

"에이, 아닌 것 같은데요. 석균이가 여사님 오신 다음부터 거실에 있는 시간이 부쩍 길어졌다니까요. 예전에는 얼굴 못 보고 자는 날도 많았는데. 이래도 제가 내키는 대로 해석한 거라고요?"

아빠는 뭐라도 갖다 붙여야 직성이 풀리는지, 연신 싱글거리며 말했다. 그러자 할머니가 거실 창 너머에서 안쓰럽다는 듯 말했다.

"그거야 내가 자기 엄마 영역 침범할까 봐 감시하느라 그런 거잖아요. 김 선생은 좋은 쪽으로만 해석하려고 들던데, 뭐든 지나치면 좋을 거 없어요. 오늘 낮에도 거실 선반 닦는 거 갖고 여기서 3차 세계대전 일어날 뻔했다고요. 이 집 작은 주인 비위 맞추는 것, 절대로 쉬운 일 아닙니다."

"아니, 뭘 또 그렇게까지……."

아빠는 무안한 듯 말을 얼버무렸다. 그 모습을 보니, 돌려서 내 흉을 보는 거라는 걸 알면서도 나는 할머니한테 별로 화가 나지 않았다.

내 쪽으로 길어진 아빠 눈빛이 뭔가 할 말을 찾고 있는 듯 보였다. 내가 거실에 너무 오래 있었던 모양이다.

5. 수상한 소포

분갈이를 한다고 아침부터 할머니가 발코니를 난장판으로 만들었다. 작은 화분 몇 개와 영양제, 배양토를 한쪽에 부려 놓고는 신문지를 넓게 폈다.

"꼭 이 새벽부터 이걸 해야 해요? 어, 화분이 왜 이리 작아? 할머니 화분만 분갈이하려는 거 아니에요?"

아무리 자다가 끌려 나왔어도, 거슬리는 게 뭔지 모를 정도로 눈이 흐리진 않았다. 신문지 옆에 놓인 화분들은 형편없이 작을 뿐더러 개수 역시 턱없이 모자란다는 것부터 눈에 보였으니까.

"새벽이라니. 이 시간에 나와 본 적이 없으니, 둥근 해가 어디에 걸렸는지 알 턱이 없지. 그리고 큰 건 우리 둘이 할 수도 없으니 오늘은 필요한 화분만 분갈이할 거야. 내 화분이야 이사 오기 전에 다 해서 손댈 데가 없고. 보자, 산세비에리아, 네가 제일 급하구나. 가을 되면 거실에 들어와 탁한 공기부터 깨끗하게 해 주렴. 아무리 가르쳐 줘도 할머니라고 하는 저 머리 나쁜 친구도 깨끗한 공기를 마시면 좀 나아지지 않겠니?"

할머니는 길고 널찍한 이파리를 어루만지더니 나더러 가장 큰 화분을 가져오라고 했다. 익숙해질 만도 한데 여전히 호칭에 민감하게 굴면서.

평소에 나라면 들은 척도 하지 않겠지만, 아침부터 새벽 시장에서 화분이랑 흙이랑 혼자 사 왔다고 생색내는 할머니 말에 그냥 손 놓고 있을 수만은 없었다. 볕이 좋은 날이었다. 게으른 고양이처럼 한쪽 구석에서 그 볕을 쬐고 싶을 만큼.

"배양토는 굵은 걸 먼저 가져와야지."

할머니는 흰 장갑을 낀 손으로 화분에 망을 깔고 굵은 흙부터 가는 흙까지 차례로 담고 이름도 어려운 산세비에리아인지 하는 멀대 같은 화초를 화분에서 조심스럽게 뺐다. 흙을 살살 털어서 큰 화분에 넣고 나머지 흙을 부어 고정시켰다. 그늘진 곳을 가리키며 그 화분을 옮겨 놓게 하더니 작은 화분을 가져와 나더러 해 보라고 했다.

"나더러 이걸 혼자 다 하라고요?"

"네 엄마 화분은 네가 하겠다고 했잖아. 좀 전에 본 대로 하면 돼. 산세비에리아 새순이니까 섬세하게 다루고."

할머니는 내게 자리를 내주고 뒤로 물러나 앉았다. 나는 할머니가 했던 걸 떠올리려 애썼다.

"흙을 뿌리기 전에 화분 구멍부터 망으로 막아야지."

할머니가 망을 건네며 말했다.

사이사이 할머니 잔소리를 들으면서도 결국 내 손으로 화분을 옮겨 심었다. 할머니는 큰 화분에 영양제를 꽂다 말고 그렇게 하는 거라면서 또 다른 화분을 들이밀었다.

화초야 햇빛을 받아 좋은지 모르겠지만, 일어났다 앉았다 몇 번 하는 사이에 나는 땀으로 범벅이 되었다.

"힘들지? 네 엄마 화초 욕심도 어지간했던 모양이다. 이걸 이 정도 키우려면 보통 정성으로는 안 되는데. 혹시 다른 일은 안 했어?"

"일주일에 세 번씩 출근했어요, 우리 엄마."

나는 할머니가 엄마에 대해 멋대로 상상하도록 내버려 두고 싶지 않았다.

"그래? 그러면서도 화초를 이렇게 잘 키웠단 말이지? 그때는 너도 학교에 다녔고?"

"그게 왜 궁금한데요?"

내가 그동안 할머니한테 너무 친절하게 대했나 싶었다.

"안방에 있는 가족사진을 보니까 작년 초에 찍었던데, 네 모습이랑 표정이 지금하고는 많이 달라서 다른 사람인 줄 알았거든."

"마마보이라서 그래요. 아빠 얘기 못 들었어요? 엄마랑 사이가 유난히 좋아서 그 충격으로 이러는 거라잖아요."

"마마보이가 네 위장 전술이니? 딱히 화분 말고는 네 엄마한테 집착하는 것 같지 않던데. 남들이 그렇게 생각하게 내버려 두는 게 편해?"

나는 말없이 일어나 장갑을 벗었다.

"아니야, 이건 네가 할 일이니까 마저 해. 더는 안 물어볼 테니까."

그런다고 할머니 말을 들을 내가 아니었다. 거실로 나가려는데 초인종 소리가 울렸다.

"봐. 너는 일하고 나더러 문 열어 주라잖아. 누구세요?"

할머니가 나를 앞질러 거실 문을 밀고 나갔다.

나는 도로 주저앉아 화분에 흙을 마저 퍼 담았다. 남의 집 가족사진을 자기가 왜 봐? 또 아빠 방에는 언제 들어갔던 거야? 이제 겨우 한 달 지내고 나니 어른 행세라도 하고 싶은 건가?

흙은 다 담았는데 할머니가 뭘 심으라고 했는지 기억나지 않았다. 다육이라고 했던가, 아니면 로즈마리였나?

"이거 너한테 온 소포인데? 최형은이라고. 친구야?"

할머니가 작은 소포 상자를 귀에 대고 흔들며 물었다. 지금껏 소포라는 것도 받아 본 적이 없는데, 누구라고? 최형은?

"내 거 맞아요? 그 소포? 처음 듣는 이름인데."

나는 엉거주춤 일어나서 할머니한테 다시 물었다.

"분명히 네 이름이 적혀 있긴 하지만……. 정 불안하면 내가 열어 봐 줄까?"

나는 장갑을 빼고 할머니한테 건네받은 소포를 이리저리 살펴보았다. 보내는 사람 주소 없이 최형은이라고만 적혀 있었다.

나는 할머니가 기웃거리지 못하도록 거실 창문부터 닫고 상자를 봉한 테이프를 잘라 냈다. 묵직한 무게감에 비해 달그락거리는 것이 뭔지 예측할 수가 없어서 상자를 열다 말고 잠시 할머니를 바라보았다. 할머니는 닫힌 창문에 얼굴을 바싹 들이대고는, 빨리 열어 보라며 성화를 부렸다.

나는 보란 듯이 더 늑장을 부리며 상자를 천천히 열었다. 상자 속 덮개를 치우고 내용물을 본 순간, 온몸이 감전이라도 된 것처럼 움직일 수가 없었다. 부들부들 떠는 내 손에서 상자가 떨어지고 그 안에 있던 것이 바닥에 모습을 드러냈다.

"왜? 위험한 게 들었어? 뭐야, 그거 휴대폰이잖아."

거실 창 너머에서 할머니가 바닥을 내려다보며 소리쳤다.

상자 안에서 떨어진 낯익은 휴대폰, 그것은 틀림없이 엄마가 쓰던 거였다. 엄마가 사고를 당했을 때 찾을 수 없었던 휴대폰이 열 달이나 지나서 집으로 온 것이다.

내가 두어 걸음 떨어져서 끔찍한 물건이라도 되는 것처럼 떨면서 보고만 있자, 할머니가 거실 창문을 열고 나와 휴대폰을 집어 들었다.

"누가 쓰던 거네. 예전에 잃어버렸던 휴대폰이니?"

할머니가 휴대폰을 내 코앞에 들이대며 물었다. 모니터 귀퉁이에 깨진 부분을 감추려고 엄마가 붙여 놓은 스티커까지 그대로 있었다.

"그, 그게 아니라…… 엄마 휴대폰이에요."

나는 할머니한테 휴대폰을 받아 들고 전원을 눌렀지만 방전이 되었는지 켜지지 않았다. 내 충전기로 충전이야 되겠지만 휴대폰을 서둘러 켜 봐야겠다는 생각은 들지 않았다. 도대체 이게 어디에 있다가 돌아온 거지?

"엄마 휴대폰? 그게 왜 여기에 있어? 엄마가 예전에 잃어버렸던 거니?"

나는 고개를 절레절레 흔들며 사고 나던 날 엄마와 통화도 했다고 말했다.

"그럼, 그때 그 자리에는 이게 없었어?"

내 얼굴이 심상치 않은 걸 보고 할머니가 말했다. 나는 고개를 끄덕였다.

"허, 그럼 최형은은? 이 사람은 누군데?"

나는 들고 있던 상자에 혹시 다른 단서라도 있는지 샅샅이 뒤졌다. 상자에서는 아무것도 찾을 수 없었고, 최형은이 누구인지도 전혀 감이 잡히지 않았다.

"호, 혹시, 혹시 이 사람이 엄마를 그렇게 만든 사람일까요?"

그러지 않으려고 안간힘을 썼지만 온몸이 덜덜 떨렸다.

"엄마는 사고였다면서. 택시 사고 낸 사람은 아직도 중환자실에 있다며? 만에 하나 사고를 낸 사람이라도 그렇지, 이제 와서 뭐하러 이걸 보내? 버젓이 자기 이름까지 써 가며."

할머니가 진정하라는 듯 내게 사실을 깨우쳐 주었다. 그러나 나는 자꾸 안 좋은 생각만 들었다.

"그럴 수도 있잖아요? 이 최형은이란 사람이 택시 기사를 시켜서 사고가 났을 수도요. 엄마 소지품 중에 휴대폰만 없어서 이상하다고 생각했었거든요. 아니면 이게 갑자기 어디서 나타났겠어요?"

말이 안 된다고 생각하면서도 나는 떠오르는 대로 내뱉고 지껄였다.

"뒤늦게 주웠을 수도 있지. 아니다, 그랬으면 주소를 모를 테니 경찰서에 갖다줬을 텐데, 이상하긴 하네. 어쨌든 충전기가 있으면 일단 이것부터 살려 봐. 그 안에 무슨 단서가 있을 수도 있으니까. 충전기 어디 있어?"

얼마나 정신이 없는지 처음에는 노트북 충전기를 들고 와서 꽂았다. 겨우 휴대폰 충전기를 찾아 꽂자 휴대폰 화면 윗부분에 빨간색 불빛이 들어왔다. 그 빛을 보고 있으니 기분이 묘했다.

엄마가 불쑥 문 열고 들어와서는, 충전 다 됐냐고 물을 것만 같았다. 혹시 엄마가 살아 있는 건 아닐까? 중환자실에서 엄마를 잠깐 보기는 했지만, 나한테만 엄마가 죽었다고 믿게 하고 그 뒤에 일어난 모든 일은 아빠와 엄마가 다 꾸며 낸 건 아닐까? 어딘가에서 날 보고 있다가 엄마가 살아 있다는 신호로 이걸 보낸 건 아닐까? 그럴 리가 없다는 것을 알면서도 헛된 희망이 휴대폰 불빛 너머로 날아다녔다.

"아버지와 통화하는 게 좋지 않을까? 네가 모르고 있는 거, 아버지는 혹시 알고 있을지도 모르잖아."

할머니가 문을 두드리며 말했다.

아빠가 알고 있는 게 따로 있는지는 모르겠지만, 그래서 할머니 말대로 전화도 해 보고 싶지만, 내 마음 깊은 곳에서 아직은 아니라고, 좀 더 알아보고 알려도 늦지 않을 거라는 목소리가 다른 소리를 다 지웠다.

"좀 이따가요. 우선 저 안에 뭐가 있는지 알아본 다음에 얘기할 테니, 아빠한테 먼저 얘기하지 마세요."

"그럼 그 안에 뭐가 들어 있는지 내게 말해 줄 거지?"

할머니가 또 넘치게 들어왔다.

"우리 엄마 모르시잖아요. 그게 왜 궁금하세요?"

"알았어. 나야 네 엄마도 모르는데, 네 아버지가 저녁에 들어와서 오늘 별일 없었냐고 물으면 화분 분갈이했다는 거랑

네 앞으로 이상한 소포가 하나 왔다고 말하면 되지, 뭐."

할머니가 기분이 상한 듯 휙 돌아서며 말했다.

"알았어요. 이상한 게 있으면 얘기해 줄 테니까 아빠한테 소포 얘기는 하지 마세요."

할머니는 내가 아빠보다 자기 말을 잘 알아듣는 것 같아 마음에 든다며 방을 나갔다.

충전이 조금만 되어도 휴대폰을 켜는 데 아무 문제가 없다. 하지만 선뜻 손이 가지 않았다.

소포를 확인한 순간부터 마음속에 돌풍이 휘몰아치면서 그날 일들을 뒤죽박죽으로 만들어 버린 것 같았다. 마음을 가라앉히고 차분히 생각을 가다듬어야 한다.

엄마가 세상에 있던 마지막 날까지 쥐고 있었어야 할 휴대폰. 아빠가 경찰서에 가서 찾아 달라고 했지만 위치 추적에도 실패했어. 그러고 나서 아빠가 휴대폰을 해지했던 것 같은데…… 도대체 그동안 누구 손에 있다가 온 거냐고!

그새 충전이 다 됐는지 좀 전까지 빨갛던 불이 초록색으로 바뀌었다. 나는 충전기를 빼고 휴대폰 전원을 눌렀다. 엄마가 좋아하던 수국이 금세 배경 화면을 한가득 채웠다. 그리고 휴대폰 사진첩에 그득한 내 사진과 꽃 사진들. 그 가운데 할머니도 안방에서 봤다는 졸업식 때 찍은 가족사진이 나왔다. 저 사진을 찍을 때만 해도 셋이 나오는 마지막 사진이 될 거라는 생각은 하지 못했는데……

아, 지금 이런 생각을 하고 있을 때가 아니다. 엄마가 마지막으로 통화한 사람이 누군지 찾아야 한다. 통화 기록에는 나와 통화한 게 마지막인데, 사고 전날 오후로 되어 있다. 이상한 일이다. 사고가 있던 날, 나는 분명히 엄마와 통화를 했다. 회사에 있던 엄마가 내 전화를 받고 바로 오겠다고 했다가 다시 내게 전화를 했다. 급한 일이 있어서 어디 잠깐 들러서 와야 한다고, 나와 할 얘기도 있으니 많이 늦지는 않을 거라고. 그게 내가 기억하는 엄마와의 마지막 전화인데, 그날 엄마 휴대폰 통화 기록에는 내 이름이 없다. 나는 내 휴대폰을 뒤져서 내 기억이 틀리지 않았다는 것을 확인했다. 그럼 이건 누가, 왜 지운 거지?

문자 메시지를 살펴보니 엄마가 나한테 보내려고 한 메시지가 맨 위에 임시 저장으로 남아 있었다.

이번에도 너는, 아무 관계가 없다고 생각하겠지?

내 입에서 비명도 탄식도 아닌 소리가 튀어나왔다.

"무슨 일이니?"

할머니가 방에 들어와 내 손에 든 휴대폰을 건네받았다.

"이건 누가 작정하고 쓴 내용인데. 혹시 예전에 친구나 아는 사람을 섭섭하게 한 일 있었니? 이런 문자를 받을 만한 일 같은 거 한 기억 없어?"

나는 고개를 절레절레 흔들었다.

"음, 보름 전에 썼네. 이 글로만 보면 너한테 감정이 많이 쌓인 사람이 보낸 것 같은데, 학교에 다닐 때도 아무 일 없었어?"

"없었어요. 엄마 사고 나기 전에는 그냥 평범하게 학교에 다녔지, 이런 비슷한 일도 없었어요! 그것보다 그 사고에 대해 뭔가 알고 있는 사람이 보낸 거예요! 틀림없어요! 엄마 일이 그냥 사고가 아닌지도 모른다고요!"

나는 끔찍한 생각을 떠올리지 않으려고 안간힘을 썼다. 그러나 그러면 그럴수록 의혹은 눈덩이처럼 커져만 갔다. 보름, 보름 전에 썼다고?

"그 일이 그냥 사고든 아니든, 이걸 보낸 사람은 알고 있다는 거잖아. 네 엄마는 알려 줄 수 없고. 이름이 최형은이라고 했지? 혹시 네 친구들 가운데 알 만한 애는 없어?"

할머니가 아무렇지 않게 우리 엄마는 더 이상 알려 줄 수 없다고 하는 말이 가슴을 콕콕 찔러 댔다.

"그러지 않고 집에 콕 박혀 있는 네가 이 사건에 대해서 어떻게 알아낼 거야? 지금이라도 아버지한테 도움을 청해."

"안 돼요. 만에 하나, 엄마가 우연히 사고를 당한 게 아니라 해도 아빠는 사실을 받아들이지 않을 거라고요!"

할머니는 이해할 수 없다는 눈으로 나를 쳐다보았지만, 그 상황에서 아빠 성격이 어떠하며 내가 왜 아빠한테 얘기하기 싫어하는지 일일이 설명하기란 쉬운 일이 아니었다. 좀 더 정직하게 말하자면, 아빠와 관계된 어떤 얘기도 입에 올리기 싫었다.

초조함이 덮쳐 오자 그냥 앉아 있을 수가 없었다. 손톱을 잘근잘근 씹으며 앉았다 일어나기를 여러 번, 그것만으로 부족해서 거실과 내 방을 왔다 갔다 해 봤지만 초조함은 더욱 커져만 갔다. 할머니가 어지럽다고 성화인데도 가만히 있을 수가 없었다. 기어이 냉장고 냉동 칸을 뒤지자 할머니가 나를 막아섰다.

"마음 가라앉히고 도와줄 만한 친구 없는지 다시 생각해 봐. 아버지한테는 말하기 싫고, 너는 나갈 수 없을 때 도움을 줄 수 있는 사람 말이야. 다른 때도 아니고 엄마 휴대폰 찾은 날 앓아눕고 싶어? 힘들어도 잠깐만 견뎌."

듣기 싫어도 틀린 말은 아니었다. 나는 할머니한테 등을 보이고 내 휴대폰 연락처에 있는 몇 개 되지 않는 친구들 이름을 훑어보았다. 오랜만에 불쑥 연락해도 받아 줄 만한 사람, 캐묻지 않고 알아봐 줄 수 있는 사람, 그리고 내가 모르는 사람에 대해 정보가 많은 사람이라면…… 가람이밖에 없다.

나는 가람이한테 문자 메시지를 보냈다.

잘 지내지? 뜬금없지만 너 혹시 최형은이라는 사람 알아?

휴대폰만 들여다보고 있는데 시간이 가도 답이 없다. 문득 시계를 보니 학교에 있을 시간이었다.

"나와서 점심 먹어. 분갈이하다 만 상이다."

할머니가 언제 주문했는지 햄버거를 흔들며 나를 불렀다. 좀 전까지만 해도 뭔가 입에 들어가야 견딜 수 있을 것 같았는데, 할머니 말처럼 그 순간을 지나치고 나니 먹는 것도 귀찮다는 생각이 들었다.

"종일 그것만 들여다보면 궁금한 게 저절로 알아져? 아, 빨랑 나와!"

지켜보던 할머니가 혀를 끌끌 차며 방을 나갔다. 나는 엄마 휴대폰에 남겨진 메시지를 노려보았다.

도대체 너는 누구야!

6. 삼자 구도

"석균이 너! 오늘 햄버거 먹었어?"

아빠가 현관문을 열자마자 대뜸 언성을 높였다. 엄마 휴대폰에 혹시 최형은의 흔적이 있을까 만지작거리느라 아빠가 돌아올 시간이 된 것도 잊고 있었다. 아빠가 내 방에 들어오기 전에 내가 먼저 나가야 했다. 그러느라 무심코 그렇다고 대답했다.

"그 난리를 쳐 놓고 햄버거를 또 먹었다고? 너, 정말 이렇게 나올 거야? 돈은? 돈이 어디서 나서!"

"내가 사 줬어요. 석균이가 그런 게 아니니 너무 나무라지 말아요."

할머니가 물컵을 들고 부엌에서 나오며 말했다.

"아니, 어떻게 그러실 수가 있어요? 아무리 석균이가 사 달라고 해도 말리셨어야지요! 그날 다 보셨잖아요! 석균이 진짜 큰일 날 뻔했다고요!"

아빠는 화가 날 때 목소리 힘 조절을 잘 못 한다. 거기다 서운한 감정까지 실으려니, 내 이름을 말할 때마다 칠판 긁 는 것 같은 거북한 소리가 났다.

"지금은 멀쩡하잖아요. 그 뒤로도 탈 난 적 한 번도 없습니 다."

"그럼 오늘이 처음이 아니란 말이에요? 여사님이 어떻 게……."

아빠가 멍한 표정을 짓더니 두 손으로 얼굴을 감쌌다. 이런 경우에 쓰는 속담이, 믿는 도끼에 발등 찍힌다는 말인가? 아 니, 자기 손을 두고 왜 하필 도끼를 믿어? 말이 안 되잖아. 어 쨌거나 이 순간 그 속담이 떠오른 걸 보면 아주 타당하지 않 은 건 아닌 모양이다. 내 생각을 말하자면, 나무꾼이나 아빠, 둘 다 똑같이 한심하다. 제멋대로 믿어 버리고는 다친 뒤에야 도끼나 할머니를 원망하는 꼴이라니. 나무꾼은 모르겠고, 아 빠는 저 상황에서도 자기 실수를 절대 인정하지 않을걸.

"매일 그랬다는 건 아니고. 김 선생은 갑자기 그런 게 당길 때 없어요? 사 와서 보니 혼자 먹기에는 많고, 또 옆에 있는 사람 안 주려니 야박스럽고……. 그래서 그런 거니 언짢게 생각하지 말아요. 근데, 우리가 햄버거 먹은 걸 김 선생은 어떻게 알았어요?"

할머니는 화분 협상 건은 쏙 빼고 자기한테 유리한 말만 골라서 했다. 그러나 아빠 표정이 심상치 않았다.

"조 여사님! 제 방에서 잠깐 얘기 좀 하시지요. 물어볼 것도 있고 해서요. 넌 나랑 다시 얘기하고."

무서운 얼굴로 말하면 아직도 내가 두려워할 거라고 생각하는 아빠가 한편으로는 안쓰러웠다. 아빠가 화를 내도 무섭지 않았던 게 언제부터였더라? 서로 마음이 닿지 않는다는 것, 그러니까 윽박지르며 소리치는 게 어느 순간부터 나한테 통하지 않는다는 것을 아빠도 모르지 않는다. 다만 그걸 뭉뚱그려 아빠 편한 이름으로 부르며 스스로 위로하고 있는지도 모른다. 그 이름, 사춘기라고.

"요가 학원 알아보러 나가려던 참인데, 급한 일이에요?"

"네. 학원은 내일 알아보시고 잠깐 들어오세요."

거실도 아니고 방으로 들어오라고 하는 건 햄버거 얘기를 더 하려는 건 아닐 것이다. 혹시 아빠도 엄마 사고에 대해 뭔가 이상한 일을 겪은 걸까? 그래서 조심스럽게 할머니한테 물어보려고?

"여덟 시에 상담 약속 해 놨는데……."

할머니는 마지못해 안방으로 들어가며 구시렁거렸다. 쿵 소리를 내며 닫혔던 문이 반동으로 조금 열렸다. 여전히 가람이한테서는 아무 연락이 없다. 나는 휴대폰을 들고 내 방으로 들어갈지 거실에 있을지 망설였다.

"집 앞에서 햄버거 배달원 만났어요. 아까 거스름돈 계산을 잘못했다면서 전해 달래요. 계산서랑 같이 들었대요."

"아, 그 청년 때문에 들킨 거구나. 어쩐지 이상하다 했어. 근데 겨우 그거⋯⋯."

"겨우 그것 때문이 아니라⋯⋯ 여사님, 왜 저희를 속이셨어요? 집에 조카가 와 있다는 말도 거짓이라면서요? 요 아래 부동산 사장님이 말해 주던데요. 여사님이 저희 집에 이사 오고 일주일 만에, 살던 집을 세놓겠다고 했다면서요."

나도 모르게 웃음이 새 나왔다. 그럼 그렇지. 엄마 휴대폰 일로 내가 지나치게 예민해진 모양이다. 아, 아니다. 할머니 집이 비어 있다고?

"아, 난 또 뭐라고. 조카가 예정보다 일찍 나가게 된 것을 갖고 그러나 본데, 그걸 속였다고 하면 좀 그런데요. 며칠 지내 보더니, 아기 병원에 데려가는 것도 쉽지 않다며 제 엄마 집으로 갔어요. 그렇다고 내가 집으로 바로 돌아갈 것도 아닌데 일일이 설명하기도 번거롭잖아요. 내가 얼마나 어렵게 이 집에 들어왔는데. 빈집으로 그냥 두느니 잠깐이라도 살 사람이 있으면 좋겠다 싶어서 그런 거지, 김 선생이 펄펄 뛸 일은 아닌 것 같은데⋯⋯."

간신히 화를 억누르는 아빠 목소리에 비해 할머니는 지나치게 담담했다.

"그 얘기를 하면 저희가 나가라고 할 것 같아서 말씀 안 하신 거잖아요. 만일 세 든 사람이, 여사님이 돌아가야 하는데도 나가지 않으면 어떻게 할 건데요? 그 핑계로 여기에 더 계시려는 거 아니에요? 백번 양보해서 사정이 있어서 말 못 했다고 쳐요. 이 집에 계시고 싶으면 적어도 제 아들에 대해서는 뭐든 저와 먼저 상의하셨어야지요. 석균이 먹는 문제 하나 제어 못 하시고 도리어 애 편에 서서 저를 속이시는데, 제가 여사님을 어떻게 믿겠어요? 저는 거짓말하는 사람은 싫어요. 예정보다 좀 빠르긴 하지만, 마침 여사님 댁도 비고 짐도 많지 않으니 댁으로 돌아가시는 게 좋을 것 같네요. 미리 내신 돈은 정산해서 돌려 드리겠습니다."

또 시작이다. 아빠가 믿고 좋아하는 사람은 완전무결해야 한다. 그 사람이 어쩌다 실수를 하게 되면 아빠는 견디질 못한다. 엄마가 보낸 문자 메시지의 맞춤법이나 이모티콘을 지적하다 엄마와 싸운 적도 있었다. 바르지 못한 문장은 상대편을 무시하는 거라면서 엄마한테 화를 내다 벌어진 일이었다. 의도하지 않은 말이나 작은 실수로 이유도 모른 채 아빠의 분노를 사게 된 사람들은 또 얼마나 많은지. 문제는, 아빠 혼자 믿고 기대했으면서 일이 뜻대로 되지 않으면 그 사람 탓을 하며 서운해한다는 것이다. 그 사람의 피치 못할 사정은 그저 변명일 뿐이고.

할머니가 집을 비워 둔 이유, 찜찜하지 않은 건 아니지만 그 이유를 듣고 나면 아주 이해할 수 없는 것도 아니다. 그러나 아빠한테 그 이유는 할머니가 거짓말쟁이라는 빠져나갈 수 없는 증거일 뿐이다.

그나저나 할머니는 석 달을 다 채우지 못하고 링에서 내려가야 하는 모양이다. 아무리 협상의 달인이라도 아빠의 억지를 이겨 낼 묘수는 없을 테니까.

"그건 안 되겠는데요. 엄연히 계약서가 있는데 주인 마음대로 나가라 마라 할 수는 없는 거죠. 나는 석 달을 약속하고 들어왔으니 그때까지는 여기에 있을 권리가 있어요. 내 사정이 달라졌다고 해서 이 집을 나가야 한다는 조항이 있는 것도 아니고."

"아니, 댁에 아무도 없다면서요? 화단이야 매일 집 앞에 와서 보시면 될 텐데, 왜 꼭 여기에 계시려고 하세요? 정 그러시다면 합당한 이유라도 설명해 주시든가요."

할머니의 역습에 아빠가 반걸음쯤 물러나며 되물었다.

"아니, 계약서가 있는데 합당한 이유가 왜 필요하죠? 내가 언제 계약 기간이 지나도 이 집에 더 있게 해 달라고 김 선생을 조른 적 있어요? 왜 일어나지도 않은 일을 갖고 사람을 몰아붙이는지 진짜 알 수가 없네. 거기다, 엄밀히 말하면 집이 빈 것 또한 내 사정인데, 그걸 왜 김 선생한테 설명하고 이해를 구해야 하냐고요! 어쨌든 난 계약서에 있는 대로 할 거예요. 상담 약속이 있어서 먼저 일어나야겠네요. 할 얘기가 더 있어도 나중에 합시다.”

할머니는 아빠의 일방적인 통고를 정면으로 받아치고 나오다 나와 눈이 마주쳤다.

“원, 저렇게 고지식해서야……..”

딱히 나한테 하는 말도 아닌데 나도 모르게 고개를 끄덕였다. 그러고는 이내 후회했다. 아빠는 고지식한 게 아니다. 아빠는 결정적인 순간에 누구의 말도 들리지 않는 세계에 갇혀 있는 사람이다. 아무리 할머니가 햄버거를 사 줬다고 해도 아빠는 내가 졸라서 그렇게 된 거라고 확신하고, 할머니가 조카가 나가게 된 사연을 있는 그대로 설명해도 아빠는 변명이라 믿을 것이다.

할머니가 밖으로 나가면서 열어 둔 문으로 잔뜩 찌푸린 아빠의 얼굴이 보였다.

“되도록 빨리 나가시게 할 테니까 힘들어도 조금만 참아.”

마치 나를 위해서 할머니를 내보내겠다는 말로 들려서 피식 웃음이 나왔다.

가람이한테서 기다리던 문자가 도착한 건 열 시가 다 되어서였다. 할머니가 언짢은 얼굴로 돌아와 씻고 방에 들어간 뒤였다.

최형은이 누군데? 우리 학교 학생이야? 참, 넌 잘 지내? 학교에 안 나오니까 좋냐? 아, 당연히 좋겠지. 쳇!

고맙게도 가람이는 오랜만에 연락한 나한테 이것저것 묻지 않고 예전과 똑같이 무심한 답장을 보냈다. 그러나 기대와 달리 최형은을 모른다는 답이 너무 쉽게 나와서 실망했다.

그냥 그럴지 뭐. 네가 아는 사람들 중에 그런 이름 가진 애, 한 명도 없어?

↳ **우리 학년에서 최씨라고 떠오르는 사람은 진규, 강수, 호, 태중, 태우, 재은, 미루, 민재, 루빈, 세나, 나은, 소정, 윤지 정도인데. 여기서 빠진 사람이 있나?**

얼굴은 정확히 떠오르지 않아도 대충 알 것 같은 이름들이었다. 무엇보다 가람이가 모른다면 최형은은 우리 학교 학생이 아닐 가능성이 크다. 이쯤에서 포기해야 하는데 마치 나를 잘 아는 사람이 쓴 것 같은 메시지가 자꾸 걸렸다.

미안한데, 좀 더 알아봐 줄 수 있어? 그 사람이 누구인지 꼭 알아야 해서 그래.

↳ **알아봐 줄 수는 있는데 문제가 좀 있어. 엄마가 오늘 밤부터 중간고사 끝날 때까지 휴대폰 압수하겠대. 내가 알아낸다 해도 바로 전해 줄 수가 없어. 일단 토요일 오후 네 시에 학원 앞에서 봐. 그때까지 수단과 방법을 가리지 않고 알아볼 테니까. 집에 다 왔**

어. 더는 문자 못 해. 이것도 다 지운다. 그날 봐.

가람이 목소리가 들리는 것 같았다. 집이 가까워질수록 말이 빨라지다가 그날 보자는 말은 단숨에 날리며 전화를 끊었을 것 같은 목소리. 그러나 지금 그런 상상이나 하고 있을 정도로 한가한 상황이 아니었다. 나더러 나오라니. 가람이는 내가 학교만 아니면 어디든 갈 수 있다고 생각하는 모양이었다.

나는 더 생각할 것도 없이 가람이 휴대폰 번호를 눌렀다. 전화기가 꺼져 있다는 신호음이 들려오는데도 미련스럽게 가람이 번호를 연거푸 눌러 댔다. 갑자기 양쪽 귓속에서 모터 소리 같은 게 들리면서 어질어질했다. 손으로 귀를 막았다 놨다 하는데도 어지러운 건 나아지지 않았다. 물이라도 마시려고 나가 보니 할머니가 물병에 물을 따르며 혼자 중얼거리고 있었다.

"아니, 왜 요가를 건물 꼭대기에서 가르치냐고! 그거 배우러 오르락내리락하다 무릎부터 나가게 생겼는데! 넌, 왜? 내 말이 그렇게 듣기 싫어?"

할머니가 심통맞게 묻는 바람에 나는 찍소리도 못 하고 귀에서 손을 뗐다. 할머니는 눈을 흘기고는 냉장고 문을 열었다. 새벽마다 뒷산에 오를 때 마실 물을 미리 냉장고에 넣어 두는 것은 할머니가 거르지 않는 일 중 하나였다.

"오늘 상담하러 간 학원도 꽝이에요?"

내 말에 약이 더 오르는지 할머니는 심술궂게 나를 한 번 더 흘겨보았다.

할머니가 화단 말고 그다음으로 관심을 갖는 게 바로 요가다. 요가 학원 광고만 보면, 우리 아파트 단지는 물론이고 버스를 타고 가야 하는 이웃 동네까지 적극적으로 알아보러 다녔다. 마음에 드는 곳을 아직도 찾지 못한 게 문제지만.

"왜 그렇게 요가에 집착하세요? 다른 거 배우면 안 돼요?"

할머니가 광고지 보고 전화하는 소리가 귀에 못이 박힐 정도가 되었을 때 내가 물었다.

"요가와 여행과 요리야말로 퇴직자들의 꿈인 거 몰라? 열심히 일했으니 퇴직하고는 나만을 위한 프로그램을 찾는 게 당연하지. 그런데 요리는 안타깝게도 적성에 안 맞으니, 일단 빼고. 여행은 내 친구가 퇴직하는 내년부터 알아보기로 했으니까 잠깐 미루고. 지금은 열심히 요가하면서 몸과 마음을 건강하게 해야 하는데…… 학원이 없잖아, 학원이."

요가 학원이 없는 게 아니라 할머니가 원하는 요가 학원이 없을 뿐이다. 할머니는 사람들이 상식적으로 중요하게 생각하는 것들, 그러니까 어떤 것을 가르치는지, 가격이 얼마인지, 사람이 얼마나 많은지 같은 문제에는 도통 관심이 없고 오로지 학원이 몇 층에 있는지에만 집중했다. 오늘도 무엇 때문에 짜증을 내는지 들어 보나 마나 뻔하다.

"몇 층이냐고 물었을 때 어쩐지 어물어물하더라니. 나야 괜찮지만, 이 동네에 요가 배우려는 어르신들이 얼마나 많은데. 올라가다 힘들어서 주저앉으면 못 일어난다고. 그 정도 배려도 못 하면서 어떻게 아파트 상가에서 요가를 가르치겠다고 나서냐고!"

"그 상가에 엘리베이터 없어요? 꼭대기 층이라고 해도 엘리베이터 타고 올라가면 힘들 거 없을 텐데. 혹시 그거 말고 다른 이유가 있는 거 아니에요? 남한테 털어놓기 어려운……."

"털어놓기는 뭘 털어놔? 요가를 배우러 꼭대기 층까지 올라가는 게 힘들어서 싫다는데."

"어, 봐 봐. 지금 오른쪽으로 내려다보고 있는 거 딱 걸렸어요. 사람이 거짓말하고 떳떳하지 않을 때 그러는 거라면서요? 진짜 수상하다니까."

내가 할머니 눈을 똑바로 쳐다보자 할머니가 어이가 없다는 듯 되물었다.

"뭐가 수상한데? 그 아버지에 그 아들이라고, 너도 납득할 만한 이유가 있기 전에는 나를 믿을 수가 없는 거냐? 내가 괜히 트집 잡는 거 같아?"

"여기서 아빠 얘기가 왜 나와요, 내가 수상하다는데? 뭔가 앞뒤가 안 맞는다 싶은 게 있으면 내가 잘 집어내거든요. 왜 요가 학원이 1층이어야만 할까? 처음에는 나이가 있으니까 올라가기 힘들어서 그러나 보다 했어요. 그런데 새벽마다 등

산도 하잖아요! 요가 학원이 몇 층이든 산에 오르는 것보다 힘들지는 않을 거고요. 그런데 더 이상한 건, 우리 집도 하필 1층이잖아요? 할머니 집은 4층이라면서요. 어쩌면 화단보다 우리 집이 1층이어서 더 이사 오려고 했던 건 아닐까? 그러면 여태 조카 일을 말 안 한 거나 요가 학원 층수에 집착하는 거나 다 설명이 되는 거죠."

별 뜻 없이 한 말이었는데, 하고 나서 보니 점점 더 그럴듯하게 느껴졌다. 할머니한테 고소 공포증이 있는 거라고 짐작했으나 굳이 말은 하지 않았다. 할머니는 내 말에 그렇다, 아니다라고 딱 잘라 말하지 않는 대신 입을 비죽이며 내게 물었다.

"너야말로 쓸데없는 일에 집착하는 걸 보니, 휴대폰 충격에선 벗어난 모양이네. 그래, 친구한테서는 연락 왔어?"

그제야 내가 왜 부엌에 나왔는지 그 이유를 깨달았다.

나는 가람이한테서 온 문자 메시지를 할머니한테 보여 주었다.

"너 밖에 안 나가잖아. 이제 어떡하니? 건물 꼭대기 층에 요가 배우러 가야 하는 것보다 더 난처한 상황인데."

할머니가 놀리듯 말했다.

"그래서 말인데요, 저 대신 나가 주시면 안 돼요?"

즉흥적으로 나온 말이지만 부탁할 데라고는 할머니밖에 없었다.

"엥? 나더러 네 친구를 만나라고?"

내가 고개를 끄덕이자 할머니는 걱정스럽게 내 얼굴을 들여다보았다. 내가 제정신이 아니어서 그런다고 여기는 모양이었다.

"별 희한한 부탁을 다 하는 걸 보니 충격이 크긴 컸나 보네. 얘, 지금은 그냥 자는 게 좋겠다. 마음 편히 갖고."

일단 말을 꺼낸 이상 물러날 곳이 없다는 걸 할머니한테 알려야 했다. 그리고 그게 아주 어려운 일이 아니라는 것도.

"가람이를 만나 주기만 하면 안 돼요? 만나서 그냥 휴대폰만 빌려주세요. 저랑 통화할 수 있게요. 아무리 생각해도 그거 말고는 방법이 없어요, 네?"

한 걸음 더 다가서서 애원하자 할머니도 더 이상 장난으로 응대할 수 없다는 걸 깨달은 모양이었다.

"네 말을 들어줘야 하는지 판단이 잘 안 서네. 아버지한테는 끝내 말 안 할 거야?"

"말 안 통하는 거, 직접 경험하셨잖아요. 섣불리 말했다가 휴대폰만 압수당할 거예요. 최형은이 누군지 알아내기 전에는 아빠한테 말할 수 없어요!"

결국 절박함이 할머니를 움직였다. 할머니는 고개를 끄덕이더니 협상의 달인답게 내게 물었다.

"내가 부탁을 들어주면, 넌 나한테 뭘 해 줄 건데?"

7. 우정이 아니라서 편한 거래

    토요일 오후에 할머니가 가람이를 만나러 나간 뒤 나는 전화를 기다리며 5분 간격으로 시간을 확인했다. 이렇게 되기까지 그 며칠 동안 내가 얼마나 비굴하게 지냈는지 아무도 모를 것이다. 아침마다 할머니 기분을 살피며 약속 장소를 확인시켰고, 결정적인 순간에 전화기가 꺼지는 일이 없도록 기회만 생기면 할머니 휴대폰을 들여다보았다. 심지어 가람이를 만나면 바로 통화하게 해 달라고 집을 나서는 할머니한테 머리 조아리며 공손하게 부탁까지 했다.

    전화 올 때가 훨씬 지난 것 같아 시계를 보니, 아직 네 시가 되려면 3분쯤 남았다. 15분 전에 떠났으니 할머니는 도착했을 거고, 가람이는 약속 시간 잘 지키는 애니까 어쩌면 둘이 벌써 만났을지도 모르겠다. 내가 나가는 줄 알았을 테니 할머니를 본 가람이는 잠깐 당황할 거고, 어색하게 인사를 나눴다 해도…… 지금은 전화가 와야 할 시간인데 내 휴대폰은 전원이 꺼진 것처럼 조용하다.

나는 소파 쿠션을 공중에 던졌다가 받고, 또 던졌다 받기를 몇 번이나 반복했다. 그러고 시계를 봤는데도 겨우 1, 2분이 지났을 뿐이었다. 이놈의 시계처럼 무능한 게 또 있을까? 이걸 보며 약속 시간을 잡았는데, 정작 약속 그 자체에 아무 영향도 미치지 못하는 무능함, 약속한 네 시가 지나가는데도 나한테 미안해하지 않고 째깍거리는 뻔뻔함. 아, 아니다. 시계야 자기 직무에 충실할 뿐, 두 사람이 만나는 것과는 아무 상관이 없다. 내 전화기가 울리고 안 울리고는 오직 할머니 마음에 달렸다는 걸 나도 모르지 않는다.

이게 다 즉흥적으로 부탁한 내 탓이다. 모르긴 몰라도 할머니가 시간을 끌고 있겠지. 내가 집에서 속 끓이고 있을 줄 알고 일부러 더 고약을 떠는지도 모른다. 할머니와 협상할 때 이것도 조건에 넣었어야 했는데. 아, 의도한 대로 다 됐으니까 이제 제발 전화 좀 하라고!

내 짜증이 할머니 마음에 닿았는지, 드디어 신호가 왔다.

"야! 이분 누구야! 먼 친척 고모라는데 맞아?"

가람이는 휴대폰 주인을 몹시 경계하는 목소리로 물었다. 친척 고모, 미처 생각을 못 했다.

"어, 응, 맞아. 내가……."

"그럼 그날 얘기했어야지. 다짜고짜 내 이름을 묻더니 조용한 데로 가자는데, 별생각 다 했잖아! 알았어. 일단 신원은 확인됐으니까 자리 옮겨서 다시 연락할게."

가람이는 속사포처럼 할 말을 쏟아 대고는 내 말을 들어 보지도 않고 뚝 끊어 버렸다. 나는 다시 전화를 하지 않았다. 각기 따로 알게 된 가람이와 할머니지만, 이런 때 둘 다 전화를 받지 않을 거라는 사실을 잘 알기 때문이다. 내 인내심의 한계를 15분으로 잡고 다시 쿠션을 공중에 던졌다 받기를 계속했다. 그 안에 전화가 오기만을 바라면서.

30분이 지나서야 휴대폰 진동이 울렸다.

"뭐 하느라 이제 전화를 해!"

15분이 갑절로 지났으므로, 이 정도면 내가 화를 내도 두 사람 다 할 말 없을 것이다.

"대박! 너희 멋진 고모님이 병원 봉사 활동 하게 해 주신대. 중학생들은 병원에서 잘 안 받는다니까 병원에 계셨다면서 직접 전화 걸어 줬잖아. 나, 드디어 병원에서 봉사 점수 딸 수 있게 됐다."

늘 그랬듯이 가람이한테는 내 짜증이 먹히지 않는다.

"봉사 활동은 나중에 얘기하고. 그거 어떻게 됐어? 알아봤어?"

"우리 학년에는 그런 이름 없는 거, 확실해. 3학년에도 없고.”

“뭐야, 그게 다야?”

잔뜩 기대하게 해 놓고 찾은 게 없다니, 화가 머리끝까지 치밀었다.

“그게 다겠어? 내가 오늘 병원 봉사 활동을 상으로 받을 줄 알고 미리 좋은 일을 해 놨지. 우리 주위에 연결된 사람들 중 우리 학교 학생은 아니더라도 이름이 최형은인 사람을 네 명 정도 찾아냈고 전화번호도 확보했어. 다음 주에 차례로 연락해 보려고.”

내 머릿속에서 최형은은 이름만으로 둥둥 떠다니고 있었다. 그런데 실제로 존재하는 누군가의 이름이고, 그것도 네 명이나 같은 이름이 있다니, 적군이 한 명에서 네 명으로 늘어난 것처럼 긴장됐다.

“네가 전화해서 뭐라고 할 건데! 너 전화기도 압수당했다며! 전화번호 가르쳐 줘. 내가 할 테니까.”

“너는 뭐라고 할 건데! 멋진 고모님한테 무슨 일인지 대충 얘기 들었어. 확실하지도 않은데, 전화해서 돌아가신 너희 엄마 아냐고? 아니면 널 아냐고? 그것도 아니면 너희 엄마 사고에 관여했냐고? 사람이 뭘 알아내려면 계획과 작전을 세워야 하는 거 몰라? 나랑 친한 사람들을 통해서 알아낸 번호니까, 전화기 빌려서라도 내가 하는 게 맞아. 네 명 중 널 아는 한 사람만 찾아 주면 되잖아. 그다음부터는 네가 뭘 하든 난 상관 안 할 거니까. 알았어?"

가람이가 얘기하는 동안 옆에서 할머니가 "잘한다!", "그럼, 그게 맞지!" 하며 맞장구치는 소리가 들려왔다. 나는 가람이한테 별 대꾸도 하지 못하고 전화를 끊어야 했다. 가람이 말이 맞기는 하지만, 또 기다려야 한다는 사실이 끔찍했다.

집에서 꼼짝하지 않으면서부터 기다림이란 단어는 내게 죽은 말이나 다름없었다. 기다림은 구체적인 목표가 있을 때 가능한 단어다. 실제적인 목표가 더는 내게 아무 의미가 없어졌는데, 누구를 기다리고 무엇이 이루어지기를 기다린단 말인가? 그러다 보니 아득히 잊고 있던 단어의 뜻과 활용에 적응하기가 이토록 어려운 것이다.

차라리 직접 나가 볼까? 그러면 할머니를 끼워 넣고 지금처럼 속 끓이는 일도 없을 텐데. 나는 현관문 앞에서 조심스럽게 손잡이를 만지다 발소리가 들려 얼른 손을 뗐다. 발소리는 우리 집을 지나 계단을 오르더니 2층에서 번호 키 누르는 소리가 들렸다. 이어서 문 여닫는 소리가 그치니 현관 밖은 다시 고요해졌다. 그런데도 나는 손잡이를 힘껏 돌리지 못했다.

그날 아침은 뭐가 달랐을까? 엄마가 이 손잡이를 돌리기 전에 평소와 다른 점이 있었을까? 손잡이의 온도가 다른 때보다 섬뜩할 정도로 차가웠을까? 현관문이 유난히 무거웠을까? 그래서 이 문을 열고 나가면 다시는 돌아오지 못할지도 모른다는 생각을 했을까? 평소와 다른 점이 없어서 그 뒤에 닥칠 엄청난 일을 조금도 눈치채지 못했다면, 엄마한테만 너무 가혹하잖아?

결국 나는 손잡이만 만지작거리다 다시 돌아와 쿠션을 집어 들었다.

할머니는 가람이와 내가 전화를 끊고도 한 시간이나 지난 뒤에 들어왔다.

"가람이가 여자애라는 얘기 왜 안 했어? 옆에 두고도 남자아이들만 찾아 댔잖아!"

늦었다고 타박도 하기 전에 할머니가 훅 들어왔다.

"내가 그랬어요? 그냥 아는 줄 알고……. 가람이가 언제 연락 준대요?"

"상상이나 했겠어? 너한테 그런 시원시원하고 붙임성 있는 여자 친구가 있다는 걸? 그런데 가람이랑 너랑 무슨 사이야? 이런 일을 부탁할 정도면 굉장히 친한 친구, 맞지? 아니면 말도 못 꺼낼 텐데."

할머니는 들을 사람이 없는데도 목소리를 낮추며 물었다.

"쓸데없이 궁금해하지 않는 친구라서요. 다음 주 중에는 전화 줄 수 있대요?"

"첫사랑이라던데? 무슨 사이냐고 물으니까 뭐 주저하지도 않고 첫사랑이래. 어찌나 당당한지 내가 오히려 당황했다니까."

가람이에 대한 호기심 때문인지 내가 묻는 말은 할머니 귀에서 튕겨 나오는 것만 같았다. 최형은이라는 이름은 이미 사라진 지 오래고.

"유치원 때요! 여섯 살 때 결혼하기로 약속한 첫사랑이라고요! 계속 가람이에 대해 물을 거면 난 들어가고요."

"알았어, 알았어. 그만 물을게. 그리고 이번 주라도 단서가 나오면 나한테 전화한댔어."

방에 들어가려고 일어난 나를 도로 앉히며 할머니가 한풀 꺾인 목소리로 대답했다.

"왜 내 휴대폰 놔두고, 할……."

나는 할머니라는 말이 나오려는 것을 간신히 삼켰다. 가람이를 대신 만나 주기로 할 때 할머니와 한 약속 중 하나가 더 이상 할머니라고 부르지 않는 거였다.

"걔가 좀 특별하긴 하더라. 봉사 활동을 제대로 하고 싶은데, 병원에서는 차트 정리 말고는 학생들이 할 만한 일이 거의 없거든. 기특하게 혼자 여기저기 알아봤는지, 환자 돕는 일은 의료법상 안 된다는 것도 알고 있더라고. 내가 제대로 병원 봉사 활동 할 수 있는 일을 알아봐 주기로 해서 그 결과도 들을 겸 나한테 전화하겠다는 거지."

할머니는 다 못 한 말을 표정으로 내게 전하고 있었다. 가람이가 정말 기특하다고, 그런 아이가 어떻게 너랑 친구인지 모르겠다고.

나는 가람이가 최형은에 대한 정보만 제대로 전해 주면, 병원에서 뭘 하든 아무 상관이 없다.

"내가 이해가 안 가서 물었지. 엄청나게 바쁜 것 같은데, 왜 이런 귀찮은 일까지 맡아서 하느냐고. 너한테 물어보라던데, 대답 안 해 줄 거지?"

"걔가 별나서 그래요. 상식적으로 사람들이 좋아하는 거, 걔한테는 안 통해요. 쉽게 봉사 점수 따는 거 싫어서 병원에 가겠다고 자청했을 거고요. 친구들끼리 무리 지어 다니느니 왕따로 지내는 게 낫다는 애예요. 세계 오지를 탐험하는 게 꿈이라서 초등학교 때부터 돈 모으고 있어요. 이것도 가람이 비밀 아르바이트 중 하나고, 나중에 나한테 청구할 거예요. 가람이에 대해서 더 궁금한 거 있으세요?"

지금 대답하지 않으면 계속해서 물을 것 같아 나는 숨도 쉬지 않고 다 말했다. 할머니는 질린 얼굴로 고개를 저었다.

"요즘 애들 진짜 무섭네. 우정인 줄 알았더니 거래였어."

그래서 가람이가 편하다는 것을 할머니는 모른다. 가람이는 다른 아이들이 대학에 들어갈 때 자기 힘으로 세계 일주를 할 거라고 했다. 지도에 없는 곳도 찾아다니며 세상 사람들을 만나는 게 꿈이고 목표인 애다. 나는 가람이가 세운 목표에 대해서는 눈곱만큼도 관심이 없지만, 목표가 구체적인 사람들은 쓸데없이 다른 사람들 일에 호기심을 갖지 않는다. 그거면 됐다.

"그래도 그게 다는 아닌지, 너희 엄마 휴대폰 얘기하니까 심각하게 듣더라고. 누가 그랬는지 네가 전혀 모르는 것 같다니까, 네가 원래 다른 사람 감정에 대해 둔하다면서 누군가 너 때문에 상처를 받는 것도, 너한테 상처 준 것도 모를 거라고 하더라고. 6학년 때도 너희 반에서 사진 때문에 무슨 문제가 있었다던데, 그 얘긴 뭐야?"

나는 할머니가 엄마 휴대폰과 관계없는 이야기를 자꾸 물어 대니까 점점 피로가 몰려왔다. 사진이든 동영상이든 나는 모른다고 하자 할머니는 고개를 갸웃거렸다.

"아무튼 그런 얘기는 거래만 하는 사람이 걱정하며 할 얘기가 아니잖아. 내가 사람 볼 줄 아는데 가람이 걔, 착하고 좋은 아이야."

"걔가 어떤 애든 걸음마 뗄 때부터 봤던 내가 더 잘 알지 않겠어요? 하지만 걔가 좋은 애든 아니든 지금은 상관없어요. 최형은이 누군지 알아내고, 함부로 떠들고 다니지만 않으면 된다고요!"

할머니 생각까지 내가 어떻게 할 수는 없는 것처럼 할머니도 내 생각에 간섭하지 말아야 한다.

"누군가 너에 대해 좋게도 말할 수 있고 나쁘게도 말할 수 있는 거잖아. 그런데 왜 그리 인색하게 반응하는데? 내 일 도와주니까 좋은 사람, 방해하면 나쁜 사람. 단순하게 생각하는 게 그렇게 어려워?"

"그러고 싶지 않다니까요! 내가 무슨 생각을 하든 상관하지 말라고요!"

"맞습니다. 여사님이 석균이 판단에 이러쿵저러쿵 관여하실 입장은 아니죠!"

언제 문이 열렸는지 아빠가 현관 안에 들어서며 목소리를 높였다.

"그러게. 나이 들어서 남의 일에 옳다 그르다 나서는 노인네들처럼 되지 않겠다고 했으면서 어느새 나도 닮아 가나 보네. 미안. 내 얘기는 못 들은 걸로 해."

할머니는 얼굴이 벌겋게 달아올라서 쫓기듯 방으로 들어갔다. 홧김에 말을 세게 던져 놓고 나도 무안했다. 무엇보다 어른이 대놓고 미안하다고 하는 말을 들어 본 적이 없어서인지 민망해하는 할머니 얼굴이 찜찜하게 마음에 남았다.

"괜찮니? 여사님이 무슨 말을 했기에 목소리 듣기도 힘든 애가 소리를 다 지른 거야? 말해 봐. 다른 일도 아니고 너 힘들게 하는 건 아빠도 안 참을 거니까. 무슨 일이야?"

아빠는 마치 우리가 할머니라는 적과의 결전을 앞두고 같은 편 동지라도 된 것처럼 비장하게 말했다. 나는 아무 말도 안 하고 들어가는 것과 한마디 쏘아붙이는 것 중 어느 것이 아빠한테 더 치명적일까 궁금했다.

"아무 일도 아니니까 아빠까지 나서지 마!"

결정적인 순간에 마음이 약해지는 것도 큰 문제다.

8. 할머니의 손님

요즘 눈 뜨면 하는 일은 습관처럼 엄마 휴대폰을 찾아 만지작거리는 일이다. 저장해 놓은 사진을 뒤적이다 엄마와 내가 함께 찍은 내 졸업 사진을 배경화면으로 바꿔 놓기도 하고, 엄마가 저장해 놓고 즐겨 읽던 글귀를 찾아 읽기도 한다. 예전에 엄마와 주고 받던 문자 메시지도 하나하나 다시 읽어 보는데, 이런 일들을 기계적으로 반복하는 이유는 최형은의 메시지를 마주하기 위해 마음을 잡는 절차가 필요해서다. 궁금하기도 하고 두렵기도 한 과정. 수십 번을 거듭 읽어도 문장 곳곳에 숨은 책망은 좀처럼 익숙해지지 않는다.

이번에도 너는, 아무 관계 없다고 생각하겠지?

내 기억은 텅텅 비어 있는데, '이번에도'라는 말이 나를 자꾸 흔들었다. 이번이 아니면 또 언제 무슨 일이 있었다는 말이야? 내가 누구한테 상처 준 것도 모를 정도로 둔해서 이렇게 캄캄한 거야? 진심으로 알고 싶었다. 최형은이 말하는 이번이 아닌 지난번 일의 진실이 뭔지. 기를 쓰고 떠올리려 하는 순간, 알지 못하는 누군가 머릿속 전원을 툭 꺼 버리는 것만 같았다. 그래서 캄캄해진 머릿속.

그러다 지치면 할머니를 찾아 가람이한테 연락 온 게 있는지 묻는 게 일이었다. 왔으면 결코 모르는 척하지 않을 거라는 걸 알면서도 습관처럼 하루에 몇 번씩 묻고 실망하는 일을 두 주가 지나도록 되풀이하고 있다. 아, 할머니와는 다시 예전과 다름없이 지내게 되었다. 나와 할머니 둘 다 그날 일을 입에 담고 싶어 하지 않았으므로 가능한 일이었다. 우리는 바로 다음 날부터 아무 일도 없었던 사람들처럼 별일 아닌 것 갖고 으르렁대며 일상을 찾았다.

그러나 아빠와 할머니 사이는 좀처럼 나아질 기미가 보이지 않았다. 나 없는 자리에서 아빠는 집에서 나가 달라는 말을 몇 번 더 한 것 같은데, 할머니가 들어주지 않자 처음에 말을 꺼낼 때보다 더 화가 난 것 같았다. 할머니가 건네는 말도 내 앞에서만 마지못해 대꾸하는 것 같고, 텔레비전을 보다가도 할머니가 거실로 나오면 벌떡 일어나 방으로 들어가기 일쑤였다. 그런다고 꿈쩍할 할머니가 아니라는 걸 혼자만 인정하기 싫은 모양이었다. 이제 몇 주만 참으면 될 텐데, 기한이 되어 할머니가 나가는 건 아빠 스스로 지는 거라고 생각하는 것 같았다.

"어떻게 좀 해 봐요. 아빠한테 미안하다고 하든지 아니면 집에 돌아가서 편하게 지내시든지요. 안 불편하세요?"

할머니는 건조대에 빨래를 널면서 피식 웃었다.

"네가 불편한가 보구나. 왜? 네 아빠가 애들처럼 구는 걸 나한테 들켜서 창피해?"

창피한 건 내가 아빠한테 감정이 있을 때의 일이다. 아빠가 창피하다기보다 할머니가 딱한 게 더 걸리는 걸 보면, 그래서 차마 입으로 말할 수도 없는 걸 보면, 내 감정이 나보다 더 솔직한 모양이다.

"편한 건 아니지만 내가 뭐 어떻게 하겠어? 이 집에서 내 도움이 필요할 정도의 일이 터지지 않는 한, 돌아갈 때까지 이럴 거 같은데."

할머니는 남 얘기하듯 무심히 넘기며 빈 빨래 바구니를 들고 거실로 들어왔다. 나더러 그때처럼 쓰러지라는 말이냐고 묻자 할머니는 키득거리며 연구해 보라고 했다.

넣어 놓은 빨래에서 세제 냄새가 뒤늦게 흘러 들어왔다. 나는 화초와 세제 냄새와 햇볕으로 채워진 발코니에 나가 바깥 창문을 열었다. 모처럼 날씨가 좋은 날이었다. 옅은 구름을 뚫고 나온 햇빛에도 눈이 부셔서 제대로 뜰 수 없을 만큼.

사람들 오가는 소리에 새시 창문을 닫으려는데 왠지 낯익은 모습이 눈에 들어왔다. 손에 작은 화분을 들고 귀에는 이어폰을 꽂고, 세상 편하게 건들거리며 걷는 모습, 가람이가 틀림없었다.

"설마……."

얼른 방으로 들어가 휴대폰을 꺼내 문자 메시지를 보내려는데, 초인종이 먼저 울렸다.

"고모님! 잘 지내셨어요?"

뭘 해도 빠른 가람이 목소리가 내 방까지 쳐들어왔다.

"뭐야! 네가 우리 집에 웬일이야?"

나는 거실로 뛰어 나가 현관으로 막 들어서는 가람이에게 소리쳤다.

"못 본 새 살이 좀 붙었네. 빼야겠다. 비만은 건강에 안 좋아. 고모님 선물이에요. 저 들어가도 되는 거죠?"

가람이가 빙그레 웃고 서 있는 할머니한테 화분을 건네며 물었다.

"당연하지, 내 손님인데. 아이고, 선물도 센스 있게 준비했네. 방으로 갈까?"

할머니가 화분을 받아 들고 잎을 매만지며 말했다. 나는 가람이가 갑자기 들이닥친 이유를 알지 못해 불안했다.

"무슨 일이냐니까요!"

내가 두 사람 앞을 막아서자 할머니가 고개를 설레설레 흔들며 말했다.

"병원 봉사 다녀와서 내게 묻고 싶은 얘기가 많다고 해서 오라고 했어. 밖에서 만나자는데 뭐하러 나가서 돈을 써? 안 그래?"

가람이는 반죽 좋게 그렇다면서 나더러 좀 이따 보자고 했다.

나는 할머니 방에서 새 나오는 웃음소리가 그치기를 참을성 있게 기다렸다. 곱씹을수록 언짢았다. 살 좀 빼야겠다고? 거의 일 년이 다 되어서 만난 사람한테 예의라고는 눈곱만큼도 없는 인간 같으니라고. 문제는 그런 말을 한 가람이보다 할머니다. 사전에 말 한마디 없이 가람이를 초대한 건 반칙 중의 반칙이었다. 도대체 무슨 생각으로 집에 들인 걸까?

한참 뒤에야 방문이 열리고 할머니와 가람이가 거실로 나왔다. 아까는 허둥대느라 제대로 보지 못한 가람이를 비로소 똑바로 볼 수 있었다. 가람이는 그냥 가람이였다. 표정이나 머리 모양, 같은 옷인지 모르겠지만 티셔츠 위에 남방을 덧입는 옷차림도 예전과 달라진 게 없었다.

"아까는 덥수룩한 머리 때문에 미처 못 봤는데, 턱 밑에 수염도 생겼다, 너. 뭐라고 하는 사람 없으면 일단 길러. 계속 기르면 분위기 있어 보이고 괜찮겠는데."

가람이가 내 사진이라도 찍는 것처럼 손가락으로 직사각

형을 만들어 이리저리 움직였다.

"얘기 다 끝났어? 전화한 건 어떻게 됐어?"

가람이의 손가락 사진기를 피해 옮겨 앉으며 내가 물었다.

"네 방에서 얘기해. 저기가 네 방이야?"

"뭘 내 방에서 얘기해! 여기서 해!"

나는 자기 마음대로 내 방으로 들어가려는 가람이를 막아섰다.

"설마 내가 네 방이 궁금해서 그러겠냐! 엄마 휴대폰에 있는 문자 메시지부터 보자는 거지. 예민하게 굴기는……. 갖고 나올래?"

가람이가 팔짱을 끼고 어깨를 으쓱했다. 나는 아무 말도 하지 않고 베개 밑에 숨겨 둔 엄마 휴대폰을 가져와서 건넸다.

"이것 봐, 이때는 이렇게 말랐잖아. 체중이 한 5킬로그램쯤 는 건가?"

가람이가 배경 화면에 바꿔 넣은 졸업 사진과 나를 번갈아 보며 말했다.

"문자 메시지나 읽고 줘. 내 체중 갖고 너랑 토론할 생각 없으니까."

가람이는 입을 비죽거리더니 문제의 메시지를 찾아서 그 화면을 제 휴대폰으로 찍었다. 그러고는 엄마 휴대폰을 내게 돌려주었다.

"뭘 하려는 건지 그것부터 말해. 꼭 필요한 게 아니라면 그 사진 지웠으면 좋겠어.”

어쩐지 중요한 부분이 가람이 휴대폰으로 흘러 들어간 것 같아 마음이 놓이지 않았다.

“그것부터 갖다 놓고 와. 내가 보여 줄 게 있으니까.”

나는 엄마 휴대폰을 갖다 놓고 나와 거실 바닥에 주저 앉았다. 가람이와 소파에 나란히 앉아서 얼굴 보며 얘기하는 게 어쩐지 어색해서였다.

“일단 성과가 있는 것도 아니고 없는 것도 아니야. 네 명 한테 다 전화해 봤어. 너한테 이 문자 메시지 보낸 사람이 그 네 명 중에 있는 것 같아.”

가람이가 문자 메시지 사진을 들여다보며 말했다. 식탁에 앉아 있던 할머니가 가람이 옆에 다가 앉으며 물었다.

“왜 그랬대? 석균이랑 무슨 사이야?”

“그게요, 거기까지는 알아낼 수 없었어요. 지금도 본인한 테 확답을 받은 건 아니에요.”

가람이가 말했다.

“어떻게 확답도 받지 않고 그걸 보낸 사람이 있다는 거야? 네가 아무 단서도 없이 단정 지을 애가 아니잖아.”

나는 담담하려고 애쓰며 물었다.

“그다음 주 금요일에 엄마한테 휴대폰 돌려받았어. 받자마 자 하긴 그렇고, 그날 저녁에 전화를 돌렸지. 첫날은 두 명하 고만 통화가 됐어. 너를 전혀 모르는 사람들이었어. 혹시 알면서 모르는 척하는 건 아닐까 싶어서 말 몇 마디 더 하다가 바보 취급 받았지. 그 사람들이 아닌 건 확실해. 야, 근데 이렇게 중요한 얘기 할 때는 물이라도 한잔 주는 게 예의라는 거 몰라? 주스나 유자차면 더 좋고."

가람이가 잔기침을 몇 번 하며 말했다. 곁에 있던 할머니가 일어나려고 하니까 가람이는 할머니를 도로 주저앉히고 내게 눈짓을 했다. 중요한 얘기 하다 말고 물 갖고 오라는 가람이가 미웠지만, 이야기를 다 듣기 전까지 가람이 비위를 건드려서는 안 된다.

"냉장고 안에 오렌지주스 사 놓은 거 있어."

나는 할머니가 말한 오렌지주스를 병째 들고 와서 가람이 컵에 부어 주었다. 가람이는 주스를 마시고 컵을 내려놓았다.

"나머지 두 사람하고 통화한 건 어떻게 됐어?"

"한 명은 전화를 안 받고 다음 사람한테 전화를 했는데, 그 사람도 아니더라고. 그러니까 세 번째 사람이 문제의 최형은인 거지. 전화를 내가 몇 번이나 했는지 몰라. 전화해 달라는 메시지도 보냈는데 전화가 안 오니까 오기가 나더라고. 그래서 한밤중에 전화를 걸었더니 받는 거야. 내가 네 이름을 대면서 아느냐고 물으니까 그렇다 아니다 답도 없이 그냥 끊어 버리는 거야. 다시 전화를 해도 받지 않고."

바닥을 짚은 손에 얼마나 힘을 줬던지 쥐가 날 것만 같았다. 나는 가람이 앞으로 다가앉으며 빨리 얘기하라고 채근했다.

"이 사람이 내 전화를 계속 안 받으면 어떻게 해야 할지 고민하고 있는데 한 15분쯤 뒤에 기적처럼 전화가 온 거야. 대뜸 나한테 너를 어떻게 아느냐고 묻더라. 어설프게 거짓말했다가 들키면 아예 연락을 끊을 것 같아서 친구라고 솔직히 얘기했지. 네가 엄마 휴대폰을 받았는데 거기에 남긴 문자 메시지에 많이 놀랐다고. 더 얘기하려는데 다시 툭 끊어 버리는 거야."

"그래서?"

내 목에서는 여러 갈래로 갈라진 쉿소리가 겨우 새 나왔다. 가람이한테 다시 전화해서 물었다면 그 사람이 틀림없다.

"거기까지야. 그다음부터는 전화를 안 받아. 내가 다른 전화로 걸어 봤는데도 소용이 없어."

"사람이 뭐 그래? 삐죽 메시지 하나 보내고 누구 피 말리는 게 취미라도 된다던? 그래, 목소리는 어때? 한 몇 살쯤……"

"누군지 너는 알잖아. 그 번호 네가 아는 사람한테 받았다며? 그 사람한테 물어보면 그 최형은이 나랑 무슨 관계인지 알 거 아냐! 솔직하게 말해 줘."

나는 할머니 말을 가로막고 물었다. 가람이가 난처한 표정으로 말했다.

"그 사람한테 안 물어봤겠냐? 근데 이름 정도만 아는 사이래. 우리보다 세 살 많은 언니라는 거, 중학교 동창이어서 지금은 어디에 사는지, 어느 학교에 다니는지도 잘 모른대.”

또 막막해졌다. 그렇지만 전화번호도 확보했으니 처음 문자 메시지를 봤을 때보다 더 나쁜 상황은 아니었다.

“애썼다. 이제 그 번호 나한테 줘. 이제부터는 내가 해 볼 테니까.”

“그렇게 하는 게 맞는데, 지금은 네가 전화를 한다 해도 별 성과가 없을 것 같아. 이것 좀 봐.”

가람이가 제 휴대폰을 내밀었다. 그 사람이 전화를 받지 않자 가람이가 보낸 메시지들이었다. 메시지는 화면을 가득 채우고도 한참 밀어 내릴 때까지 계속 이어졌다. 주로 전화 좀 받아라, 전화 받기 싫으면 문자 메시지로 주고받으면 안 되겠느냐, 무슨 내용인지 알아야 하지 않겠느냐 등 중간중간 가람이 짜증이 그대로 묻어나는 글도 눈에 띄었다.

가람이 메시지밖에 없는 대화 상자를 밀어 내리기도 지쳐 갈 때쯤 기적적으로 최형은이 보낸 답장을 찾아낼 수 있었다.

되도 않는 문자를 계속 던지고 있는 걸 보니 아직도 당사자는 상황 판단이 안 되는 모양이지? 날 찾아 봤자 좋을 일이 없을 텐데. 그쪽 친구한테 전해 줘. 그 휴대폰, 돌려줄 방법이 없어서 버릴까도 했지만 돌아가신 분 생각해서 어렵게 주소 찾아 보내느라 늦었다고. 그 문자 메시지는 당시 내 마음이라는 것도. 지금은 우리도 다 잊으려고 애쓰는 중이니까 그쪽 친구는 모르는 대로 그냥 살라고. 이후 어떤 연락도 사절할 거라는 말도 전해 주면 좋겠어.

그 밑으로도 가람이가 한 번만 통화하고 싶다는 문자 메시지를 여러 번 남겼지만 최형은의 답은 없었다.

"이제 네가 판단할 일만 남았어. 이 사람은 우리와 연락하기 싫어하는 것 같은데, 그럼에도 불구하고 더 진행을 할 건지 말 건지 말이야."

이 일이 엄마 휴대폰에서 비롯된 것이 아니라 누구한테 들은 말이라면 쉽게 무시할 수 있을 것이다. 그러나 휴대폰에 남긴 글은 이미 비석에 새긴 글처럼 내 마음에 새겨졌다. 또한 그 휴대폰도 내게는 더 이상 엄마 것이 아니라 평생 마음 불편하게 살라는 최형은이 보낸 선물 아닌 선물이 되어 버렸다. 내가 모르는 그 사연을 알아내기 전에는 죽을 때까지 불행할 것만 같았다.

"여기, 최형은 말고 또 다른 사람이 있나 본데. '우리도 잊으려고 한다'고 써 있잖아. 최형은이 혼자 한 일이 아니라는 건데."

할머니가 안경을 벗고 휴대폰을 들여다보며 말했다. 나는 최형은이 우리보다 세 살 많다는 말을 들을 때부터 나와 동갑인 동생이 있을 거라 예상했다. 가람이도 다른 내색을 하지 않는 걸로 봐서 나와 같은 생각을 한 모양이다.

"어떻게 할 거야? 이쯤에서 포기할 얼굴은 아닌데. 벌써 최형은 전화번호 외웠지?"

눈치 빠른 가람이가 물었다. 그때 할머니 휴대폰이 울렸다. 할머니는 휴대폰을 들고 할머니 방으로 들어갔다.

"최형은 건 말인데, 혹시 최연욱이라고 6학년 때 너희 반이었던 애, 기억나니?"

"아니, 왜? 최형은이 걔 누나래?"

나는 최연욱이라는 이름에 맞는 얼굴을 떠올리려 애쓰며 물었다.

"나야 모르지. 그냥 답답해서 앨범을 뒤지다 보니 너희 반에 최연욱이란 애가 갑자기 눈에 띄더라고. 뭐, 탁월한 동물적 감각이랄까? 너희 반에서 걔와 연관되어서 무슨 시끄러운 일도 있지 않았어? 아, 미안하다. 네 기억력 수준을 깜박했네."

가람이가 한숨을 쉬며 말했다.

"걔가 뭐라고 내가 기억해야 하는데! 아, 이런 일이 터질 걸 미리 알고 최씨 성을 가진 애들을 모조리 기억했어야 하는데, 내가 그걸 못 한 거구나!"

내가 성질을 내자 가람이도 똑같이 화를 냈다.

"기억 못 하는 건 너면서 왜 나한테 성질을 부려! 최씨 성 가진 애를 찾다 보니 걔가 눈에 걸려서 그런 건데. 앞으로 네가 다 알아서 해!"

"네가 말 안 해도 그렇게 할 거니까 어디 가서 떠들고 다니

지나 마! 그 성질로 봉사 활동은 참 잘하겠다. 대충 민폐 끼치지 않을 곳이나 찾을 것이지, 그 성질에 병원이라니, 말이 돼?"

내가 말도 안 되는 소리를 지껄이고 있다는 걸 알면서도 제어할 수가 없었다. 솔직히 그때는 창피한 것도 몰랐다. 가람이가 내 말을 가로채지 않았다면 마지막에 무슨 말을 했을지 상상하기도 싫었다.

"사람들이 점수 더 주고 싶을 정도로 나 일, 진짜 잘하고 있거든. 병원에서 만난 분들이 날 얼마나 좋아하는지 알아?"

"픽이나."

"어, 이게 안 믿네. 나, 기구 닦으러 중환자실에도 들어가 본 사람이야. 그리고 병실 커튼 떼고 붙이는 일도 쉬운 일 아니다, 너. 그때마다 간병하시는 분들이 날 얼마나 반기는 줄 알아? 내가 가끔 심부름도 해 주고 힘든 얘기도 들어 주니까 치명적인 매력의 소유자라며 얼마나 잘 챙겨 주는데. 나더러 매일 오라고 한다니까."

가람이가 도움이라도 청하려는지 할머니 방 쪽을 바라보았지만, 반갑지 않은 통화가 길어지는지 할머니 목소리에 짜증과 한숨과 탄식이 묻어났다.

"네가 거기서 뭘 하고 다니는지 알겠다."

"애 좀 봐라. 그게 얼마나 중요한 역할인지 모르네. 병원에 있다 보면 사람이 극도로 예민해지거든. 그러다 보니 살아온 얘기, 가족 얘기, 병동 의사나 간호사 얘기까지 들어 줄 사람만 있으면 털어놓고 싶어 한단 말이야. 누구는 곧 승진할 거고, 누구는 육아 휴직 내서 다음 달부터 안 나올 거라는 정보부터 성질 괴팍한 보호자한테 그 병동 간호사가 어떻게 대했는지. 심지어 몇 달 전에 그만뒀다는 간호사 사연은 엄청나게 유명해서 벌써 몇 사람한테 들었는지 몰라. 어떤 학생이 수면제 먹고 병원에 실려 와서 한동안 입원해 있었대. 학교에서 심한 따돌림을 받았는지 정신과 상담도 받고 좀 나아졌는데, 그때 그 간호사와 사이가 특히 좋았다나 봐. 그런데 퇴원할 때가 되었는데도 병원에 계속 있고 싶어 하더래. 학교도 옮길 거고, 따로 상담 치료 받으면 된다고 했는데도 말이야."

"너, 내가 못 하게 해도 그 재미없는 얘기 끝까지 할 거지?"

가람이는 불편해하는 내 신호를 감지하지 못하고 자기 얘기에 빠져들었다.

"병원이란 데가 있고 싶다고 있을 수 있는 숙박 시설이 아니거든. 어쨌든 그 학생이 퇴원하고 며칠 지나지 않아서 한밤중에 전화를 했더래. 집을 나왔으니 하룻밤만 재워 달라고. 그래서 그 간호사 선생님이 보호자한테는 달래서 돌려보내겠다고 하고 자기 집에 데려갔는데, 새벽에 그 학생이 그 집 발코니에서 떨어졌다는 거야. 병원에서 일어난 일은 아니지만, 그 학생 가족들의 항의와 자기네 집에서 그 상황을 막지 못한 충격으로 결국 병원을 그만둘 수밖에 없었대. 생각만 해도 끔찍하지 않니? 하루에도 삶과 죽음을 몇 번씩 봐야 하는 것도 모자라서 자기 집에서까지……."

가람이는 그제야 내 표정을 확인하고 말을 다 맺지 못했다.

"뭐, 내가…… 일부러 병원 얘기 꺼낸 게 아니라는 건…… 알지? 너도 알다시피…… 내가 좀…… 무신경한 면이 있잖아?"

"무신경한 걸 따지자면 좀이 아니라 아주 많지. 집에 가서 계산서나 보내. 할 얘기 다 했으면 이제 일어나고."

오랜만에 아빠나 할머니 말고 다른 사람과 오래 마주하고 있으려니 머릿속이 핑 돌 정도로 피곤해졌다.

"이렇게 찜찜하게 돌아갈 수는 없어. 오랜만에 만났는데 좀 너그러워지라고, 친구. 근데 멋진 고모님 말이야, 어디 많이 아프셔서 병원 그만두신 거야?"

가람이가 할머니 방 쪽을 곁눈질하며 목소리를 낮추었다. 내가 모른다고 하자 가람이는 한 번 더 방 쪽을 살피며 말했다. 할머니는 그때까지 통화하던 상대방에게 기어이 화를 내고 있었다.

"내가 고모님 추천으로 왔다고 하니까, 어떤 간호사 선생님이 묻더라고. 조 선생님 좀 어떠시냐고. 이제는 약 안 드시냐고. 어디 많이 편찮으신 거 아냐?"

지금 내 상황에서는 지구가 지그재그로 움직인다고 해도 머릿속에 들어오지 않을 것이다. 최형은 전화번호 말고는 머릿속에 있는 모든 것을 다 내몰았기 때문이다.

"편치 않은 걸로 치면 너도 전혀 안 밀려. 네가 그런 말 할 입장은 아닌 것 같은데."

"어쨌거나 이 우주 안에서 네가 도와 달라고 할 사람은 편치 않은 나밖에 없잖아. 내가 비범하기는 하네. 비범한 사람이 편치 않은 건 아주 자연스러운 일이고."

가람이가 어깨를 추어올리며 거만한 표정을 지었다.

"아휴, 미안해. 우리 조카 전화인데, 아기가 아프다고 생난리네. 병원에서 괜찮다는데도 믿을 수가 없다며 울고불고 난리야. 나 좀 나갔다 와야 할 것 같은데……. 가람이, 석균이랑 놀다 갈래?"

할머니가 통화를 마치고 미안한 얼굴로 말했다.

"얘도 가겠대요. 할 얘기가 있으면 나중에 전화로 해."

가람이가 일어나기도 전에 내가 먼저 일어났다.

"오랜만에 만났는데, 학교 얘기도 좀 듣고 그러지. 내가 다 미안하게……."

가람이는 다시 뻔뻔한 웃음을 지으며 할머니 말을 막았다.

"아니에요. 어차피 얘는 저더러 다시 와 달라고 하게 되어 있어요. 그때 구박하지요, 뭐. 고모님, 같이 나가요."

9. 기억의 단서

처음이 가장 어려웠다. 최형은에게 보내는 첫 메시지는 밤을 꼬박 새우고도 생각나지 않았다.

내가 석균이에요. 바보같이 들리겠지만, 나는 당신을 모르는데 나를 어떻게 알았어요?
석균입니다. 얘기하고 싶어요. 연락 주세요.
당신이 왜 그런 문자 메시지를 남겼는지 알고 싶습니다.
내가 어떻게 하면 되나요?

백 번을 넘게 쓰고 지워도 마음에 드는 첫 문장은 찾을 수가 없었다. 최형은이 답장하지 않고는 못 배길 단 하나의 문장이 과연 세상에 존재하기나 할까 싶은 생각마저 들었다. 맞다. 그런 문장은 있을 수 없다.

새벽빛이 희뿌옇게 밝아 올 무렵 내 머릿속은 완전히 뒤죽박죽이 되어 종이 한 장을 빼곡하게 채운 문장 중 하나를 골라 최형은에게 보내고 말았다.

석균이에요. 내가 잘못한 거라면 나도 알 권리가 있잖아요?

마음에 꼭 차지는 않지만, 상대가 공격적인 문장에 화가 나서 답장을 보낼지도 모른다는 생각이 들어서였다. 그러나 최형은은 호락호락한 사람이 아니었다. 몇 시간이 흘러도 내 휴대폰 메시지 알림음은 한 번도 울리지 않았다.

결국 아쉬운 사람이 먼저 움직이게 되어 있다.

알아야 사과를 하든 변명을 하든 할 거 아닙니까?
뭐라고 답장 좀 주세요. 제발요!
나를 안다는 거, 거짓말 아니에요? 정말 생각나는 게 없어서 그래요.
우리 엄마 휴대폰 어떻게 손에 넣었어요?

캄캄한 우물 속에서 동아줄 하나 떨어지기를 기다리는 일처럼 지치는 일이 세상에 또 있을까? 초조해지니까 냉장고

앞을 다시 서성이게 되었다. 뭐든 속을 채워야 견딜 수 있을 것 같았다.

"기다리느라 안절부절못하는 건 알겠는데, 그 기분 가라앉히겠다고 아무거나 찾아 먹는 건 자해나 다름없어. 속이 금세 또 뒤집어질 거라고."

할머니가 냉장고 문을 열지 못하도록 손으로 누르며 말했다. 마음 같아서는 차라리 속이 뒤집어져서 앓느라 휴대폰을 들여다보지 못하는 게 나을 것 같았다.

"할 일이 없어서 그래요. 휴대폰 들여다본다고 답장이 올 것도 아닌데, 그거 기다리느라 머리가 터질 것 같다고요."

내 애원 따위 귀에 들리지 않는다는 것을, 할머니는 팔짱 끼고 턱을 치켜드는 것으로 대신했다.

"누구 말도 들리지 않겠지만, 내가 너라면 발코니에 나가 창문 활짝 열고 심호흡을 먼저 하겠어. 한 시간쯤 찬 바람을 맞고 들어오면 머릿속이 좀 비워지겠지. 그런 다음 맑은 정신으로 기억을 떠올려 볼 거야. 내가 보기에 최형은 네가 아무것도 기억하지 못하는 한, 절대로 아는 척하지 않을 거야. 그 말은, 너 스스로 단서를 찾아야 한다는 뜻이기도……."

나는 할머니 말을 끝까지 듣지도 않고 거실 창문을 와락 열었다. 그리고 바깥으로 난 창문이란 창문은 다 열고 심호흡을 했다. 잔소리 듣기 싫어서 그런 것처럼 인상을 썼지만, 지금 나한테 꼭 필요한 조언이었고 그것 말고는 방법이 없었다.

창밖을 보니 가을이 왔다는 실감이 났다. 바람에 나뭇가지들이 흔들렸고 크고 어둑한 그림자가 내 위에 머물다가 천천히 비켜 가기도 했다. 찬 기운이 내 몸에 가득 찼는지 온몸에 소름이 돋았다.

할머니가 거실 시계를 보고 서 있다가 몸을 떨며 들어오는 내게 소리쳤다.

"3분!"

15분은 족히 걸린 것 같은데 고작 3분이라니…… 급하게 할 일이 떠올라서 들어온 것처럼 나는 서둘러 방으로 들어왔다.

지금부터 할 일은 최형은에 대한 단서를 찾는 일이다. 최형은이 우리보다 세 살 많다면, 그 동생이 나와 동갑일 가능성이 있다는 데서부터 시작해야 한다. 중학교에는 최형은과 관계되는 사람이 없으니 초등학교 시절로 돌아가야 하는데, 기억을 아무리 되짚어 봐도 그 시절은 캄캄하기만 했다.

기억이 없으면 불러올 만한 것이라도 찾아보면 되는데, 불행하게도 그 흔적이 될 만한 것들이 내게는 없다. 아니, 남겨 두지 않았다는 말이 정확하다.

엄마가 있을 때에는 3월이 시작되기 직전에 꼭 대청소를 했다. 한 해 동안 쓴 책들과 노트와 그 밖의 물건들, 옷과 신발, 더는 읽지 않는 책들을 분류해서 남겨야 할 것들을 빼고는 한곳에 모아서 쓸 만한 것은 필요한 곳에 주고 나머지는 재활용 쓰레기로 버렸다.

엄마는 그것을 '한 해의 정리'라고 했다. 남겨야 할 것과 버려야 할 것들을 선택하는 과정 속에서 지나간 해를 돌아보고 제대로 마무리할 수 있다는 것이다. 중학교 입학식 전날은 유난히 버릴 것이 많았던 것 같다.

"다른 해의 세 배는 되겠네. 넌 초등학교 때 시간을 통째로 버리려는 애 같다."

엄마는 내가 내놓은 물건들을 뒤적이며 말했다.

"간직하고 싶은 게 있어야지, 다 버리고 새로 시작하는 기분, 좋잖아?"

"네 마음은 알겠는데, 졸업 앨범까지 버리는 사람이 어디 있니? 이다음에 초등학교 친구들 얼굴 보고 싶을 때는 어떻게 하려고?"

"엄마가 그랬잖아, 작년에 같은 반이었던 친구도 알아보지 못하는 애는 나밖에 없을 거라고. 일 년 동안 한 교실에 있었어도 내가 이름이랑 얼굴이랑 다 아는 애는 다섯 명도 안 될걸. 그런데 이다음에 보고 싶을 얼굴이 어디 있어? 그러니까 이런 거 버려도 됨!"

"자랑이다. 기억을 못 하면 관심을 가지려고 애를 써야지, 넌 어쩜 그런 것도 아빠를 빼다 박았니? 돈 없어서 가난한 건 벌면 되지만 기억 없어서 가난한 건 방법이 없는데. 아무튼 졸업 앨범, 버린 거니까 엄마가 갖는다. 이거 꽤 비싼 거란 말이야. 자기가 돈 안 냈다고……."

그때 엄마는 졸업 앨범을 품에 안고 나를 흘겨보았다. 그래, 그러고 보니 졸업 앨범이 남아 있었다, 엄마한테!

나는 안방에 들어가 책꽂이를 훑었다. 앨범들 모아 놓은 곳에 다행히 졸업 앨범이 있었다. 받은 그 순간에도 들춰 보지 않은 앨범이라 몹시 낯설었다. 엄마는 봤을까?

내 방으로 갖고 들어와 우리 반 아이들부터 살피는데, 기억나는 사람이 없다. 심지어 나도 없었다. 이상하다 싶어 앞뒤로 넘기다 보니 나는 4반이 아니라 3반이었다.

4반 아이들보다 좀 낯이 익을 뿐, 우리 반 아이들 얼굴을 본다고 없던 기억이 툭 튀어나오는 건 아니었다. 최씨만 찾아봐도 우리 반에 세 명이나 되니 각각에 대한 기억보다 피로감이 먼저 다가왔다. 같은 중학교에 다니는 싸움 잘하는 아이, 말 없는 아이, 장난이 심했던 아이 정도가 내가 기억해 낸 정보의 전부였다. 나는 앨범을 바닥에 던져 놓고 막막한 기분으로 침대에 누웠다. 최형은 동생이 우리 반에 있었다는 것도, 나와 같은 학년일 거라는 것도 짐작일 뿐, 확실한 건 아니었다. 이런 상태에서 뭘 떠올려야 하는지도 모르면서 앨범을 뒤지고 있는 내가 바보처럼 느껴졌다.

똑똑.

"나 좀 들어가도 되니?"

할머니가 문밖에서 물었다.

"왜요?"

불퉁하게 대답하는데도 할머니는 문을 열었다.

"내 노트북이 고장 났는지 며칠 전부터 이메일을 확인할 수가 없어서 그러는데, 네 걸로 확인 좀 하면 안 될까?"

내가 안 된다고 하자 할머니는 아직 내가 들어줘야 할 마지막 부탁이 남았다면서 내 노트북을 당당하게 찾았다. 가람이를 만나 주는 조건으로 할머니 부탁 세 가지를 들어주기로 했던 것 중 하나가 남았던 것이다. 나는 불퉁거리면서 책상 위에 올려놓은 노트북을 가리켰다.

할머니는 코끝에 안경을 걸치고는 이메일 몇 개를 확인하다 말고 바닥에 놓인 내 앨범을 내려다봤다.

"졸업 앨범이니? 안 그래도 좀 전에 가람이가 졸업 앨범 찾아보라고 너한테 문자를 보냈다던데. 왜 답장을 안 해 줘? 오죽 답답했으면 나한테 전화를 다 했겠니?"

최형은 답장 기다리는 일도 진이 빠지는데, 어떻게 됐냐고 자꾸 묻는 가람이 문자가 성가셔서 스팸으로 저장했더니 그 새를 못 참고 할머니한테 연락한 모양이다.

"확인 다 하셨어요?"

나는 가람이만큼이나 할머니가 성가셨다.

"대충. 내가 요가 학원 못 찾아서 고생한다니까 누가 동영상 보면서 혼자 할 수 있는 사이트 몇 개를 링크해 보냈네. 이제 힘들게 안 찾아도 되겠어. 시간 좀 벌었으니 나도 같이 찾아볼까?"

할머니는 바닥에 내려앉더니 앨범을 자기 쪽으로 돌려놓고 한 장씩 넘기며 말했다.

"안 바쁘세요? 다른 일도 많잖아요? 왜 이 일에 이렇게 나서세요?"

"말 참 예쁘게 하네. 이 집에 있을 날도 며칠 안 남았는데, 내가 궁금한 건 또 못 참잖아. 돌아가면 네가 친절하게 전화를 받겠니, 문을 열어 주겠니? 그러니 나라도 도와서 빨리 해결하고 무슨 일인지나 알고 떠나려고 그런다. 왜?"

나는 할머니가 나가는 날을 적어 놓은 달력을 올려다보았다. 할머니가 우리 집에서 지낼 날이 두 주 정도 남았다는 사실이 새삼스럽게 다가왔다. '어느새'라는 말이 실감났다.

"내가 몇 반인지는 아세요?"

"3반이잖아."

할머니가 단번에 맞히니 도리어 내가 머쓱해졌다.

"가만 보자, 가람이는 2반이었네. 똘망똘망한 게 지금이랑 똑같은데. 3반, 3반, 여깄네. 담임 선생님이 한성질 하게 생겼는걸. 넌 어딨어? 이 표정 순한 애가 너니?"

할머니가 앨범에 나온 내 얼굴을 가리키며 물었다. 나는 대답하지 않고 돌아누웠다.

"부끄러워하기는. 내가 보기에 얘, 이름이…… 김승민이, 승민이가 너희 반에서 가장 잘생겼네. 키도 크고 눈도 부리

부리하고. 공부는…… 그다지 잘하게 생기지는 않았지만, 이 중에서 가장 눈에 띄네. 얘, 여학생들한테 인기 제일로 많았지?"

나는 이름과 얼굴이 맞아떨어지게 떠오르지 않아 사진부터 확인했다. 이 얼굴이 잘생겼다고? 어디가? 입매가 익살스럽게 생긴 것 말고는 모르겠는데?

"덧니 말고는 잘생긴 건 모르겠는데요. 근데 지금 뭐 하시는 거예요?"

"아, 나? 진실을 찾고 있지. 보자, 최씨 성을 가진 애가 세 명이나 있네. 이 중에 최형은 동생이 있다는 말이지?"

"그 셋 중 하나라는 보장이 어디 있어요? 우리 반이었다는 것도 나와 같은 나이일 거라는 것도 다 짐작뿐인데. 어쩌면 전교생 중에서 최씨 성을 가진 애들을 다 찾아야 할지도 모른다고요. 내가 왜 누웠는지 딱 보면 모르겠어요?"

"응, 모르겠어. 그렇게 생각하면 찾을 수 있는 건 아무것도 없다, 너. 셋 중 하나가 최형은 동생일 수 있다는 보장은 없지만, 만약 아니라면 거기서부터 시작할 수 있잖아? 얘는 외동이라고 적었으니 아닐 테고, 둘 중 하나인데 난 이 남학생한테 좀 끌린다. 최연욱. 표정이 꼭 지금 너 같거든."

할머니는 자기 말이 재미있는지 혼자 킥킥댔다. 분명히 몇 분 전에 본다고 봤는데도, 그 얼굴이 떠오르지 않았다. 나는 일어나서 최연욱의 얼굴을 다시 확인했다.

"얼굴 보니까 알겠어?"

이름과 얼굴을 같이 기억하려면 시간이 필요하다. 그런데 기억이 나기도 전에 연욱이라는 이름이 불편한 기분부터 몰고 왔다. 뭐지?

"하나도 생각 안 나는 얼굴이네. 나는 진실의 적은 거짓이 아니라 지나친 자기 확신이라고 생각해 왔는데, 너를 보니 그것도 아닌 것 같아. 백지에 가까운 기억도 진실의 적이 될 수 있다는 걸 네가 증명하고 있잖아. 예전에 안면 인식 장애 앓는 환자가 있었는데, 그 사람은 자기가 의도하지 않게 다른 사람에게 상처를 주게 되는 걸 걱정하더라고. 그래서 다시 만나야 할 상대편에 대한 단서를 한두 가지씩 꼭 챙겼대. 신발과 가방은 늘 바뀔 수도 있으니까 신발 사이즈를 가늠한다든지, 걷는 모습하고 목소리 같은 거? 그러니까 자기는 일상이 추리라면서 늘 신경이 곤두서 있다고 하더라고. 근데 너는 남한테 그 정도 성의를 보일 생각도 없다는 거 아냐!"

할머니의 친절하지 않은 말이 의미 없이 나를 스쳐 가다가 불쑥 귀에 꽂힌 단어가 있었다. 추리? 그때 뭔가 탐정처럼 추리하고 수사한다고 법석 떨었던 것도 같은데. 나는 엎드린 채 목이 뻣뻣해지도록 침대 밑에 놓인 앨범을 내려다보았다.

"너희 반 단체 사진 진짜 웃기다. 너랑 몇몇 빼고 남자애들은 거의 다 자기 운동화를 가리키며 사진을 찍었네. 운동화 광고라도 찍는 것처럼."

그래, 무슨 운동화 때문에 시끄러웠어.

나는 뻣뻣해진 목을 주무르며 침대에서 내려앉았다.

"뭐 생각나는 거라도 있어? 있구나. 뭔데?"

할머니가 눈을 깜박이며 나를 바라보았다.

"학교 앞 사고. 아, 내가 당했다는 게 아니고요. 다른 반 여자아이인데, 납치당할 뻔했거든요⋯⋯."

한 시절을 가로막고 있던 장벽이 무너지자 그 뒤에 숨어 있던 기억이 앞다투어 달려들기 시작했다. 무서운 속도로.

10. 탐정놀이

초등학교 6학년 가을 우리 반 남자아이들 사이에서 탐정
놀이가 갑자기 유행했다. 누구네 집 없어진 고양이를 찾아
준다든가, 도난 사건 범인을 찾는다든가 하는 게 아니라, 그
냥 관찰하며 노는 걸 우리는 추리라고 불렀다. 즉, 아침에 교
실에 들어오면 꼼꼼하게 살피고 달라진 걸 찾아내서 전날 있
었던 일들을 짐작하거나 추리해 내는, 아주 게으른 탐정놀이
였다.

주로 선생님이 관찰 대상이었는데, 사흘째 똑같은 티셔츠,
부스스한 얼굴, 별일도 아닌 일에 지나치다 싶을 정도로 짜
증을 내면 사모님과 며칠째 냉전 중인 게 분명하다든가, 선
생님이 교과서를 폈다 접었다 반복하며 사악한 미소를 짓고

있으니 다음 시간에 쪽지 시험 볼 가능성이 83퍼센트라든가, 선생님 귀 밑에 묻은 얼룩을 보니 집에서 혼자 염색한 게 분명하다든가 하는 따위의 놀이였다.

심지어 승민이는 책상 위에 놓인 물건들 배열만 보고 그날 선생님이 시험 날짜를 발표할 거라고 예측했는데, 그게 들어맞아서 반 아이들을 깜짝 놀라게 했다.

"우리 담임이 옛날부터 시험 날짜 발표할 때가 되면 책상부터 치웠다고 한 말 기억나? 학생이었을 때 발표하는 날 책상이 지저분하면 시험을 다 망쳤다잖아. 징크스라나 뭐라나? 1학기 때도 책상 위에 책이랑 볼펜이랑 휴대폰을 하루 종일 유난스럽게 줄 맞춰 놓는가 싶었는데 종례 시간에 시험 일정 잡혔다는 말을 하더라고."

승민이가 청소 시간에 모여든 아이들 앞에서 애써 겸손한 척하며 말했다.

나는 비교적 뒤늦게 그 놀이에 뛰어들었다. 혼자서 추리하는 것을 좋아하기는 해도 반에서 겉도는 편이라 적극적으로 그 속에 끼어들 마음이 없었다. 아이들이 승민이의 시험 날짜 발표 예측에 감탄하는 걸 보고 그건 관찰이라기보다 선생님이 갖고 있는 징크스 정보가 더 결정적인 역할을 한 거 아니냐고 했다가 엉겁결에 걸려든 것이다.

"뭐, 징크스가 아니라면, 아침에 선생님이 다이어리에 잉크 쏟았잖아. 말린다고 유리창 앞에 펼쳐 놓았고. 유난스럽게 눈에 띄던 그 보라색 잉크가 승민이 소매 끝에도 있더라고. 그렇다고 승민이가 선생님 다이어리를 슬쩍 보고 시험날짜를 맞혔다고 단정하는 건 아니야.”

아이들 눈길이 승민이 소매에 모아졌다.

“인정! 인정! 화분에 물 주다가 펼쳐져 있는 담임 다이어리에서 시험 날짜를 슬쩍 봤어. 담임이 별말 없이 책상만 치우고 휴게실로 가기에 먼저 터뜨린 거지. 야! 너 대단하다. 나도 못 본 내 옷소매 끝은 언제 봤담.”

승민이는 잉크 묻은 소매를 번쩍 들어 보여 주며 웃었다.

그렇게 해서 나도 자연스럽게 그 놀이에 끼게 되었다. 탐정놀이의 좋은 점은 축구나 게임처럼 인원이 정해져 있지 않다는 것이다. 다시 말해서 그 놀이에 끼게 되었다고 해서 그 전에 혼자 추리하며 놀 때와 크게 달라진 게 없다는 뜻이었다. 다만 어떤 사건을 두고 모호하게 의견이 갈릴 때 다른 사람보다 내 의견에 무게감이 좀 더 실리는 정도랄까? 왜냐하면 나는 나만의 방식으로 사건을 보기 때문이었다. 그동안 나는 혼자서 단계를 정하고 그 일을 즐기고 있었다.

첫 번째는 주시하지 않아도 눈에 띄는 변화를 찾고, 두 번째는 범인이 놓친 단서를 찾고, 마지막으로 탐정의 눈으로 그 차이를 찾아내는 거였다. 그 정도로도 아이들은 전문가 냄새가 난다며 내 얘기에 귀를 기울였다.

그리고 얼마 지나지 않아 그 사건이 터졌다.

내 기억에 승민이가 새 휴대폰을 샀다고 아침부터 여기저기 사진 찍어 대며 자랑하던 날이었다. 2교시 체육 시간에 몰래 사진 찍다가 선생님한테 압수당하지 않았으면 하루 종일 그러고 다닐 기세였다.

4교시 수업 시작하려는데, 갑자기 교내 방송에서 교장 선생님 목소리가 흘러나왔다. 아침에 학교 앞에서 불미스러운 사고가 날 뻔했다면서 되도록 사람들이 많이 다니는 시간에 등하교를 하라고 당부했다.

교장 선생님의 당부는 다른 때와 달리 짧고 단호했다. 불미스러운 사고의 내용은 말하지 않은 채, 이른 시간에 학교에 오지 말고 늦은 시간까지 학교에 머물지 말라니, 아이들은 무슨 사건인지 궁금하지 않을 수 없었다.

점심시간 마칠 때쯤 우리는 아침에 무슨 일이 일어났는지 알 수 있었다. 우리 반에 그 당사자의 친구가 있어서였다. 8반 아이가 아침에 등교하다가 납치될 뻔했다는 거였다. 승합차에 억지로 태우려는 것을 그 아이가 죽을힘을 다해 소리치며 저항했고 납치범들은 결국 실패하고 도망갔다는 얘기였다. 그게 학교 바로 앞에서 벌어진 일이라 선생님들 충격은 이만저만 큰 게 아니었다.

"그래서 네 친구는 어떻게 됐어?"

"지금 병원에 있대. 맞아서 다친 데도 있고……. 그보다 많이 놀랐겠지. 만약 진짜 납치라도 당했으면 어땠겠어?"

서윤이가 몸을 부르르 떨며 말했다.

"그래서 넌 오늘 병원에 가 볼 거야?"

"가 보고 싶은데 아줌마가 오늘은 오지 않는 게 좋겠대."

서윤이 얘기를 들으면서 나 역시 오싹했다. 납치나 유괴는 뉴스에서나 보던 것이지, 매일 떠들고 장난치는 우리 주위에서는 일어날 수 없는 일이라 여겼던 것이다. 놀라서 힘들어하고 있을 서윤이 친구한테는 미안하지만, 솔직히 내 관심은 범인한테 더 쏠렸다. 분명히 단서가 있을 텐데, 범인을 어떻게 잡지?

그러나 그 불미스러운 사고는 우리들한테 곧 성가신 사건이 되고 말았다. 아침저녁으로 듣는 선생님 잔소리도 모자라서 등하교 시간에 따라오는 부모님들, 수업만 마치면 시도 때도 없이 어디냐고 오는 전화에, 어떤 애는 휴대폰을 내동댕이치기도 했다. 우리한테는 범인이 서윤이 친구한테 한 짓보다 우리를 성가시게 만들었다는 죄목이 훨씬 크고 무거웠다. 어쩌면 그래서 나는 범인을 더 잡고 싶었는지도 모른다.

그렇게 며칠이 지난 어느 날 서윤이가 친구 병문안을 다녀왔다고 했다.

"한동안 눈만 감으면 잡혀가는 꿈을 꿔서 힘들었는데, 이젠 잠도 좀 자고 그러나 봐. 어쩌다 깁스까지 했냐고 물었더니 차에 타지 않으려고 버티다가 차 문을 걷어차는 바람에 다리에 금이 갔대. 몇 달 꼼짝 못 할 것 같아."

"그날 얘기도 들었어?"

누가 묻자 서윤이가 고개를 끄덕였다.

"한마디로 범인들이 사람 잘못 본 거지. 내 친구가 몸집이 작긴 해도 태권도랑 택견도 꽤 오래 했던 애거든. 처음에는 어떤 남자가 와서 짐을 옮겨야 하는데 차 안에 있는 자기 강아지를 잠깐만 봐줄 수 있겠냐고 하더래. 걔도 강아지 키우니까 그러겠다고 하고 무슨 종이냐고 물었대. 그랬더니 갑자기 당황하면서 어물어물하더라는 거야. 이름은 뭐냐니까 더듬거리면서 메리라고 하고. 그때부터 수상했던 거지. 내 친구가 잠깐 전화 좀 받고 따라가겠다고 하니까 갑자기 번쩍 안아 들더니 승합차 운전석에 앉아 있던 또 한 명한테 시동 걸라고 소리를 지르더래."

"그래서? 그래서 어떻게 했대?"

"그때부터 격투가 벌어진 거지. 살려 달라고 소리소리 지르고, 발버둥 치고, 입 막는 손 물어뜯고…… 병원에서 치료할 때 보니까 아픈 데는 거의 다 싸우면서 자기가 낸 상처더래."

서윤이가 손을 내저으며 말했다.

"네 친구 진짜 용감하다. 무섭지 않았대?"

"걔라고 왜 안 무서웠겠어? 그냥 차에 타면 죽는 거다 싶으니까 무조건 버둥댄 거지."

"범인은? 범인은 잡혔어?"

참다 못해 결국 내가 묻고 말았다.

"사흘 전에 잡혔대. 편의점 CCTV에 모자 눌러쓰고 내 친구한테 말 거는 게 다 찍혔는데도 아니라고 발뺌하나 봐."

"나라도 아니라고 하겠다. 다 큰 어른이 몸집 작은 여자애 만만하게 봤다가 크게 당했는데 쪽팔려서 순순히 자백하고 싶겠어?"

승민이가 옆에 있는 애와 둘이서 범인이 서윤이 친구한테 물리고 맞는 것을 흉내 내자 아이들이 큰 소리로 웃었다.

나는 다른 아이들처럼 웃을 수가 없었다. 내가 잡아야 할 범인을 경찰한테 뺏긴 것 같아 허탈한 기분마저 들었다. 아이들 모르게 편의점 앞에서 범인들이 흘렸을 단서도 찾아보고, 편의점 주인 눈에 들면 CCTV라도 보여 줄까 싶어서 남은 용돈을 먹고 싶지도 않은 물건 사는 데 다 썼던 것이다.

"네 친구가 가서 증언하면 다 끝나는 거 아냐? 그 김에 발차기도 한번 더 해 주고."

서윤이 옆에 있던 아이가 물었다.

"나도 그러라고 했는데, 결정적인 증거가 있어서인지 걔는 그런 건 걱정도 하지 않더라고. 때려도 자기가 더 많이 때렸다면서. 그보다 더 놀라운 얘기를 들었는데, 내 친구가 범인한테 끌려갈 때 그 자리에 우리 학교 애가 있었다는 거야. 자기가 도와 달라고 목이 터져라 소리치는데도 남자애는 그냥 동상처럼 서서 꿈쩍도 하지 않더래. 심지어 자기랑 눈이 마주쳤는데도 말이야. 내 친구는 그게 더 괘씸하고 참을 수가 없었다는 거야. 사람이 어떻게 그럴 수가 있니?"

서윤이는 마치 자기가 당한 것처럼 목소리를 높였다.

"진짜 남자 망신 골고루 시킨다. 그걸 어떻게 보고만 있어? 그게 누군데? 우리 학교 애 맞아?"

승민이가 분통을 터뜨리며 우리들에게 동의를 구했다. 그러나 잡아야 할 범인을 뺏긴 나한테는 승민이 감정이 전해지지 않았다.

"학교에서 본 건 분명한데, 잘 모르는 애인가 봐. 어제 내가 갔을 때, 걔네 엄마가 내 친구한테 영상을 보여 주더라고. CCTV에 찍힌 게 내 친구랑 범인이 맞는지 경찰이 확인해 달라고 했대. 근데 걔가 어느 장면을 갑자기 정지시키더니 그 비겁한 녀석이 나왔다면서 막 흥분하는 거야. 나도 같이 봤는데 다리만 찍혔더라고. 내가 이것만 보고는 누군지 모르겠다고 하니까 잘 보라면서 그 화면을 휴대폰 사진으로 찍어서 보냈더라고. 그 성질에 완쾌하면 그놈부터 찾아 나설 기세야."

서윤이가 문제의 사진을 휴대폰에서 찾으며 말했다.

"그거 우리 반 단체방에 올려 봐. 누군지 우리가 알아낼 테니까. 네 친구한테도 가서 말해. 퇴원 선물로 그 녀석이 누구인지 우리가 찾아 주겠다고 말이야."

승민이가 가슴을 탕탕 치며 큰소리쳤다.

"난 왜 네가 나선다니까 될 일도 안 될 것 같을까? 애 정도는 돼야 그 비겁한 놈 이름이라도 알 것 같은데 말이야."

서윤이가 나를 가리키며 말했다.

"미안. 난 범인 찾는 일이라면 모르겠지만, 지켜보고 있던 아이를 찾는 일이라니 별로 내키지가 않네. 뭐, 이 흐릿한 사진만으로는 누가 나서도 별수 없을 것 같기도 하고."

나는 솔직하게 내 생각을 전했다. 그날 그 자리에 내가 있었다 해도 사진 찍힌 아이처럼 굴었을 거라는 말만 빼고.

"석균이가 말한 게 핵심이야. 누가 나서도 별수 없다는 거! 그래도 나는 해 볼 거야. 왜? 난 비겁한 녀석을 진짜로 싫어하니까."

나는 승민이가 애들 앞에서 엉뚱한 얘기 하는 걸 좀 떨어져서 지켜보고 있었다.

"다리 길이로 봐서는 키가 요만한 것 같아."

승민이가 자기 귀에 손을 대고 말했다. 꽤 그럴싸한 의견이라고 고개를 끄덕이는 아이도 있었다.

'카메라가 위에서 내려다보고 있고 거리 측정이 안 됐는데 키가 어떻게 고만하냐?'

나는 터져 나오려는 웃음을 억지로 참았다.

"바지는 회색이고."

승민이 말에 어떤 아이가 반박했다.

"아냐, 이거 어두운 카키색이잖아."

"내 눈에는 검은색으로 보이는데."

"이거 봐, 내 바지도 카메라로 찍으니까 이런 색이 나왔잖아!"

어떤 애가 휴대폰 사진을 내밀며 말했다.

"아, 그럼 바지 색은 대충 어두운 계통으로 하자."

승민이 말에 서윤이가 고개를 절레절레 흔들며 말했다.

"와, 진짜 답 안 나온다. 총천연색 바지는 제발 포기하고 차라리 운동화를 살피는 게 어때?"

"바지 색깔도 구별이 안 되는데 운동화로 어떻게 찾아? 운동화만 확대해서 신데렐라 구두처럼 신겨 보라고?"

승민이가 핀잔을 주자 서윤이가 바로 쏘아붙였다.

"그냥 똑같은 신발 신은 애를 찾으면 되잖아!"

"야! 우리 학교 남자애들 전부 합하면 적어도 구백 명은 될 텐데, 언제 그걸 다 찾아보냐! 또 남자라고 매일 같은 신발 신으라는 법 있어?"

둘이 쉬지 않고 싸우자 사진 속에 나온 다리의 주인공을 찾겠다고 모여든 아이들이 하나둘 귀를 막고 돌아섰다. 지켜보는 나도 고역이었다.

"애가 이렇게 말도 안 되는 소리 하는데, 웃지만 말고 네가 하면 안 돼?"

서윤이가 나를 보며 소리쳤다.

"난 흥미 없다니까. 대신 승민이 의견에 몇 가지만 덧붙여도 돼? 그것도 싫으면 말고."

"어디, 몇 가지 덧붙여 보시든가."

승민이가 고까운 듯 나한테 말했다.

"먼저 조사 대상을 좁히는 게 중요해. 이를테면 남자인 건 분명하지?"

서윤이가 고개를 끄덕이자 승민이가 빈정거렸다.

"그런 것도 조사 대상에 들어가냐?"

"그럼 그렇게 이른 시간에 학교에 올 남자아이라면 5학년 아니면 6학년이겠지. 1, 2, 3, 4학년 교실이 있는 건물은 그 시간에 잠겨 있으니까. 그리고 아까 승민이가 사진에 나온 애 키가 요만하다고 했는데, 카메라 위치에 따른 거리 측정이 안 되기 때문에 바지 색깔처럼 정확한 정보가 아니야. 운동화도 흐릿해서 색깔만으로는 구별할 수 없고⋯⋯."

나는 눈을 부릅뜨고 사진이 말해 주는 단서를 찾았다.

"그래 봤자 너도 5, 6학년 남자애라는 거 말고 찾은 것도 없네."

아이들이 감탄하는 게 못마땅한지 승민이가 팔짱을 끼고 말했다.

"여기, 운동화 뒤축을 봐. 오른쪽만 구겨 신었는데, 밑에 가죽 반쪽이 덜렁거려."

내 말이 끝나기 무섭게 아이들이 확대해 놓은 사진을 서로 먼저 보겠다고 법석을 떨었다.

"그럼 5, 6학년 남자아이들 중에서 오른쪽 운동화 구겨 신는 아이를 찾아야 하는 거네? 범위를 좀 더 좁힐 수는 없을까? 5학년은 아닌 것 같다는 증거는 없어?"

서윤이가 물었다.

나는 웃으면서 고개를 저었다.

"입맛에 맞는 단서는 없어. 가까운 데부터 찾아보든가. 중요한 건 그날 그 신발을 신고 있었다는 게 증명이 되어야 해."

"그걸 무슨 수로 증명해? 타임머신을 타고 그날로 돌아가냐? 그런 말 나도 하겠다. 어쨌든 석균이도 두 손 들었으니 할 수 없이 내가 고백할게. 그 자리에 있었던 애, 나였어."

승민이가 얼른 오른쪽 실내화를 구겨 신고 비아냥거렸다. 그러자 남자아이들 몇 명이 금세 승민이를 따라 했다.

"이렇게 비협조적인 애들이랑 뭘 하겠니?"

서윤이 푸념에도 아랑곳하지 않고 승민이와 몇 명 애들은 신발을 구겨 신고 교실을 돌아다녔다.

나는 사진에 있는 운동화를 다시 들여다보았다. 어쩐지 타임머신 없이도 내가 찾게 될 것 같은 느낌을 지울 수가 없었다. 뭐지?

사고가 있었던 날을 다시 곰곰이 되짚어 봐도 왜 그 운동화가 눈에 익은지 알 수가 없었다. 그리고 승민이 휴대폰을 생각해 냈다. 어쩌면.

급식을 먹자마자 나는 승민이한테 휴대폰 좀 빌려 달라고 했다.

"왜? 내 거 아주 새 거거든."

"알아. 네 휴대폰 카메라 기능이 얼마나 좋은지 좀 보려고 그런다. 이거 산 날, 체육 시간에 사진 찍다 걸렸잖아? 그 사진들 아직 있어?"

"그건 다 지웠지. 그래도 어디엔가 자동 저장 되어 있을걸. 근데 꼭 봐야 해? 그 사건이랑 무슨 관계가 있어?"

승민이가 귀찮지만 탐색하듯 내 얼굴을 들여다보며 되물었다.

"장담할 수는 없어. 잠깐 확인만 하면 되니까 그 사진들 좀 찾아 줘."

승민이는 내키지 않는 얼굴로 휴대폰 사진을 찾았다. 나와 승민이 둘이 있는 걸 보고 아이들이 무슨 일이냐며 한두 명씩 모여들었다.

"여기. 얼굴만 찍었는데, 뭘 찾겠다는 거야?"

나는 찬찬히 사진을 들여다보았다. 승민이 말처럼 그날 사진에는 누군지 확인할 수 없는 애들의 눈, 코, 입, 귀만 가득했다. 그러나 꽤 많은 사진 어딘가에서 내가 찾는 것이 꼭 나올 것 같았다. 그리고 그걸 기어이 찾아냈다.

"여기 있다!"

승민이와 애들이 내 손끝이 가리키는 운동화를 보고 기절할 듯 놀랐다. 그리고 시끌벅적했던 교실이 순간 조용해졌다.

11. 추리의 끝

"그게 혹시 연욱이 운동화였니?"

할머니가 물었다. 나는 고개를 끄덕였다.

"연욱이한테는 확인했고?"

"어떻게 확인해요? 그날 종일 그거 갖고 애들이 얼마나 떠들었는데요. 그런데도 아무 내색도 하지 않은 애한테 사진 들이밀며 이게 너냐고 어떻게 물어요?"

나는 고개를 저으며 짜증을 냈다.

"운동화는? 연욱이가 신고 있는 것도 확인했어? 확인한다고 법석 떨 때도 연욱이는 가만히 있었고?"

"그럼 그것도 안 봤겠어요? 누가 신발장을 확인했는데 다른 운동화더래요. 무엇보다 사진이 말해 주잖아요. 그날 그 운동화 신은 사람이 연욱이라고. 그러니까 운동화 바꿔 신고 온 것도 애들한테는 더 의심 사는 일이 된 거죠."

내가 왜 초조한 듯 변명을 늘어놓고 있는지 알 수가 없었다.

"그래서 그다음에 어떻게 되었는데? 그걸로 끝이야? 본인한테 확인도 안 해 보고 너희들은 걔가 그 자리에 있었던 애라고 확신한 거고?"

할머니는 마치 내가 잘못했다는 듯 묻고 있었다.

"뭘 더 확인해요? 서윤이가 연욱이 사진을 보여 주니까 그 친구도 맞는 것 같다는데요! 모르죠, 다른 아이들이 물었는지는. 그리고 분명히 말하는데, 난 연욱이 입장 이해한다니까요! 나라도 그 시간 그 자리에 있었다면 연욱이처럼 했을 거예요. 나는 걔를 나쁘다고 생각한 적 없단 말이에요."

"너는 그렇게 생각했다 치고, 다른 아이들은? 아니, 연욱이는 그 일로 아무런 피해도 입지 않았어? 여기 이 사진에서 애들이 운동화 가리키며 찍었다는 건, 연욱이를 조롱하려고 한 것 같은데?"

나는 입술을 뜯으며 고개를 저었다.

"모르겠어요."

할머니한테 그렇게 말했지만 그건 거짓말이었다. 또렷하게 떠올랐다, 그즈음 우리들이 무슨 짓을 하고 다녔는지.

내가 신이 아니기 때문에, 연욱이한테 직접 물어본 애가 한 명도 없었다고 단정 지을 수는 없다. 하지만 직접 묻는 것보다 훨씬 더 잔인한 방법으로 아이들이 연욱이를 괴롭혔다는 건 알고 있었다. 연욱이 주위를 빙빙 돌며 자기들끼리 눈빛을 교환하고, 노골적으로 사건 얘기를 입에 올리며 반응을 기다렸던 것이다.

"편의점 앞 CCTV 바꿨다더라. 화질이 몇 배는 좋아져서 운동화 상표까지 다 보인대. 이제 안 찍히고 싶으면 맨발로 지나가는 수밖에 없어."

"잡혀가는 걸 보고 있었다면 그놈도 공범 아냐?"

"무식한 놈, 그게 어떻게 공범이냐? 누나한테 물어봤는데, 만약 그날 끔찍한 사고가 났는데도 그렇게 있었으면 방조죄가 될 수도 있대."

"그런 죄목도 있어? 진짜 운 좋았네. 그 애가 자기 힘으로 빠져나오는 바람에, 비겁하게 지켜보고 있었어도 방조죄에 안 걸린 거잖아?"

"그럼, 그럼. 거기다 아무도 몰랐으면 더 좋았을 텐데, 석균이가 찾아내는 바람에 망한 거지. 아니다, 승민이 휴대폰도 한몫했다. 완전 범죄는 없는 거거든."

심지어 연욱이 신발을 찍어서 동영상으로 올리는 일도 있었다. 누가 봐도 연욱이라는 걸 알지만 결정적인 곳에 스티커를 붙인다든가 해서. 그건 직접 물어보는 것보다 몇 배나 더 잔인한 짓이었다. 교실에서 친한 친구 하나 없이 그림자처럼 앉아 있기만 하던 연욱이여서 아이들이 더 만만하게 여겼는지도 모른다. 무엇보다 아이들의 눈길이나 수군거림이 모두 자기를 향하고 있다는 것을 연욱이도 모를 리 없을 터였다. 하지만 누구도 직접 묻지 않는데 연욱이가 자신이 비겁했다거나 그때 그럴 수밖에 없었다고 먼저 얘기할 리 없다. 연욱이는 보이지도 않고 들리지도 않는 것처럼 아이들을 대했다. 아이들 입에서 독하다는 말이 나올 정도로.

그런 소문은 전염병처럼 금세 퍼지기 마련이어서 다른 반 아이들이 찾아와 연욱이를 보고 가기도 했다. 그동안 선생님 잔소리와 부모님 성화에 괴로워하던 아이들은 적절한 시기에 등장한 먹잇감을 적극적으로 반겼고, 그 표면적 이유는 언제나 정의 실현이었다.

그때 우리는 무슨 생각을 하고 있었을까? 우리 스스로 드라마에서 본 판사쯤 된다고 우쭐대고 있었을까? 비겁한 짓을 한 연욱이가 눈물로 용서를 구하는 걸 기다리면서?

그 소리 없는 재판은 몇 주 계속되었다. 그사이에 문제의 졸업 사진도 찍었고, 마지막 현장 학습도 다녀왔다. 우리 머릿속에는 예전의 불미스러운 사건은 이미 사라진 지 오래고, 용서를 구하지 않은 연욱이의 뻔뻔함만 남아, 티 나게 무시하는 일이 아무렇지 않게 되었다. 현장 학습 가는 버스 안에서 연욱이 옆자리에 앉게 된 아이가 다른 자리에 가고 싶다고 대놓고 얘기할 정도로. 어쩌다 보니 그 자리에 내가 앉게 되었다.

"괜찮지?"

연욱이는 대답 없이 창밖만 바라보았다.

아이들이 나를 두고 노벨 평화상감이니 어쩌고 하면서 이죽거렸다. 그조차 나를 향한 조롱이 아니라 연욱이가 목표물이라는 걸 우리 모두 알고 있었다. 어쩌면 내 말 또한 내가 앉아도 괜찮냐는 게 아니라, 내가 베푼 배려를 생색내고 싶어서 한 말이었는지도 모른다.

그 뒤로도 몇 마디 말을 붙였지만 연욱이는 한 번도 내 쪽으로 눈길을 주지 않았다. 나는 맞은편에 앉은 아이랑 한두 마디 하다가 졸려서 눈을 감았다. 그리고 연욱이의 낮지만 분명하고, 울음이 섞였지만 또렷한 목소리를 들었다.

"그거, 나 아니라고! 이 나쁜 자식아!"

나는 눈을 떠야 좋을지 어떨지 몰랐다. 아니, 그 순간은 꿈인지 아닌지도 분명하지 않았다. 차에서 들리는 음악 소리와 아이들 떠드는 소리는 그치지 않는데 연욱이 목소리는 차창 밖 풍경처럼 스치듯 지나가 버렸다.

내릴 때가 되었다는 얘기를 듣고 눈을 떴을 때 연욱이는 여전히 창밖만 노려보고 있었다. 그 모습을 보고 있으니 괜히 민망했다. 무슨 해괴한 꿈을 꾼 거냐?

어쨌든 드러내 놓고 연욱이를 괴롭혔던 일은 현장 학습을 마치고 눈에 띄게 줄어들었다. 더 이상 자극이 될 만한 얘기가 덧붙여지지 않기도 했지만 연욱이의 철저한 무대응이 아이들을 지치게 만든 것이다. 그리고 마지막 시험과 크리스마스와 겨울 방학이 우리를 기다리고 있었다.

"그럼, 연욱이랑 관계된 건 그게 다였던 거야?"
할머니가 물었다.
"그렇게 다 끝난 줄 알았어요."
정말 다 끝난 거라 생각했다. 그리고 믿기 어렵겠지만 난 금세 다 잊었다. 어쩌다 연욱이와 스치듯 눈길이 얽힐 때도 있었지만, 미세하게 불편한 이유를 애써 찾으려고도 하지 않았다. 그러니 졸업식 날 그 일이 벌어지는 순간에도 난 잠깐 이게 무슨 일인가 했겠지.
졸업식 행사가 끝나고 나갈 준비를 하고 있는데 서윤이가 교실에 들어오는 어떤 애를 보고 "여기!"라며 소리쳤다. 가족들과 사진을 찍으려고 나간 애들도 한두 명 있었을 때였다.
"얘가 그때 사고 당할 뻔했던 내 친구. 오늘 드디어 학교에 왔거든."
서윤이가 내게 그 친구를 소개해 주었다. 교실 밖에서는 엄마가 빨리 나오라고 재촉하는데도 다 챙기지 못한 짐이 있어서, 나는 어색하게 인사하고 사물함을 들여다보고 있었다.
"쟤야, 최연욱."
서윤이가 손가락으로 연욱이를 가리키자 그 애가 물었다.

"누구? 저기 창가에 있는 애?"

서윤이가 그렇다고 하자 그 애가 말했다.

"쟤는 아닌데."

"잘 봐. 쟤가 사진에 나온 애 맞아. 그날 똑같은 운동화를 신었다니까. 네가 사진 보고 맞는 것 같다고 했잖아."

서윤이가 당황한 듯 친구를 채근했다.

"네가 운동화 구겨 신은 거 보여 주면서 맞지 않냐고 해서 그런 것 같다고 했지, 사진이 흔들리기도 했고. 키도 쟤보다 훨씬 크고 까무잡잡한 얼굴이었다니까. 저렇게 희멀겋게 생기지 않았어. 뭐냐? 제대로 따지려고 왔는데, 허탕이잖아. 엄마가 기다려, 운동장에서 보자."

그 친구는 서윤이를 두고 교실을 나갔다. 정말이지, 잠깐 동안 교실에 왔다가 그 애는 바람처럼 퇴장했다. 무슨 일이 있었나 싶을 정도로.

아이들 몇 명이 서윤이에게 다가와 물었다.

"연욱이가 아니래?"

"아니라는데. 어휴, 민망해. 석균이 말만 듣고 이게 무슨 망신이야."

서윤이가 나를 흘겨보고는 교실을 나갔다. 교실에 남은 아이들의 무언의 눈빛이 내게로 쏟아졌다. 나는 그제야 이 일이 나와 관계가 있다는 것을 깨달았다. 아이들은 몇 달 동안 자신들이 잘못 알고 있었던 일, 그리고 그것 때문에 행했던 옳지 않은 짓을 헛다리 짚은 내 추리 책임으로 돌리고 싶은 거였다.

그때 창가 쪽에서 울음소리가 들려왔다. 연욱이가 바닥에 주저앉아 꺽꺽 소리를 질러 대며 울음을 토해 냈다. 그건 몇 달 동안 단 한 마디도 할 수 없었던 연욱이가 처음으로 내지르는 억울함의 항변이었고, 그 고달팠던 시간에 대한 분노였다. 그러나 아이들은 책상 너머로 들썩이는 연욱이의 작은 등을 토닥여 줄 엄두도 내지 못하고 슬금슬금 교실을 빠져나갔다. 문이 여닫힐 때마다 바깥 소음으로 연욱이 울음소리가 간간이 묻히면, 나는 잠깐씩 안도하기도 했다.

"어쩌냐?"

승민이가 내 팔을 쿡 찌르며 물었다. 어쩌냐니, 나는 갑자기 짜증이 몰려왔다.

"어쩌긴 뭘 어째? 싫다는데도 나더러 그 잘난 사진 속에 나온 신발을 찾아내라며? 그걸 찾았던 거잖아! 근데 쟤 게 아니라는 거고. 그러면 된 거 아냐?"

나는 연욱이 울음소리를 들으며 교실을 나와 버렸다. 나더러 뭘 어쩌라는 거야! 연욱이 저 자식은, 억울한 말이 오고 가는 것 같으면 아니라고 하면 되잖아! 첫날은 말하기 힘들었다고 쳐. 그 뒤에는 왜 가만히 있었는데! 그리고 어쩌냐니! 연욱이를 괴롭혔던 건 자기들이면서 왜 이제 와서 나한테 책임을 떠미느냐고!

나는 오늘이 졸업식이라 다행이라는 생각이 들었다. 일 년 동안 저런 애들과 같이 있었다는 게 끔찍했다.

가족사진 같은 것도 찍고 싶지 않았지만, 엄마는 완강했다. 사진 한 장 없는 졸업식은 있을 수 없다는 거였다. 겨우 몇 장 찍고 나서 가자니까 엄마가 물었다.

"친구들하고 사진 안 찍어?"

"찍고 싶은 애, 한 명도 없어. 그냥 가."

엄마는 아까 가람이를 본 것 같다고 두리번거리는데, 아빠가 밥만 먹고 학교에 가 봐야 한다며 그냥 가자고 했다.

"교실에서 무슨 일 있었어? 우는 애가 있는 것 같던데."

엄마가 식당에 앉자마자 물었다.

"몰라. 난 졸업했어. 무슨 일이 있든 지금부터는 나와 아무 상관 없는데, 뭐."

밥 먹는 동안 승민이를 비롯해서 몇 명이 전화를 했지만 나는 받지 않았다. 우리 반 단체방에 그 일과 관계된 글이 올라온 것 같았는데, 나는 집에 오자마자 단체방에서도 나와 버렸다. 아이들은 내가 켕기는 게 있어서 나갔다고 여길지 모르겠지만, 그건 분명히 아니다. 그 일에 관해서 내가 책임져야 할 건 없다. 나는 추리를 한 거고 그게 틀렸을 뿐이다.

12. 도망친 곳에 낙원은 없다

"만약에 이번 일이 연욱이와 관계된 일이라면······."

할머니가 무겁게 입을 열었다.

"그럴 리 없어요. 그건 그때 잠깐 일어난 일이었어요. 지금 껏 기억하는 애도 없을걸요. 만약 6학년 때 일 때문이라면, 그쪽이 더 이상한 거 아니에요? 심지어 누나까지 나서서."

할머니는 동의하지 않는 얼굴로 내게 말했다.

"네가 의도하지 않았다는 거, 나는 믿어. 하지만 의도하지 않아도 엄연한 결과가 있고 피해를 본 사람이 있잖아. 무엇보다 넌 피해자가 아니고. 당사자는 그 일로 어떤 상처를 입었는지 다른 사람은 절대 알 수가 없어. 동영상도 올렸다며?"

할머니가 넌더리를 내며 말했다.

"동영상 올리는 건 흔한 일이에요. 애들 거의 다 하는데요, 뭐."

"네가 당하는 쪽이었어도 애들이 다 하는 흔한 장난처럼 느꼈을까? 예전에 어떤 학생이 그런 일로 수면제 먹고 입원한 적이 있었어. 식구들은 그 내용을 모르니까 아이가 그저 예민하고 우울해서 그런다고만 여겼지. 얼른 치료받고 나으면 된다고. 그런데 퇴원하기 싫다는 아이를 겨우 달래서 내보냈는데, 그 아이가 다시 일을 저지른 거야. 그때는 병원에서도 그 아이를 살려 낼 수가 없었지. 그러고 나서야 식구들도 알게 된 거지. 아이가 학교에서 얼마나 괴롭힘을 당했는지, 우스꽝스럽게 찍은 그 아이 사진이랑 동영상이 반 아이들 SNS에 얼마나 많이 돌아다녔는지. 정말 어디다 손 내밀 곳 하나 없을 정도로 막막했던 거야, 그 애는. 그때 걔들이 한 말이 뭔지 알아? 그저 장난이었다고. 모르고 한 일이라고."

"그렇다고 연욱이가 어떻게 된 건 아니잖아요! 뭘 그렇게 끔찍한 예까지 들어요?"

"연욱이도 막막했을 거라는 거지. 너희도 모르고 한 일이지만 아무도 책임지지 않은 거잖아. 안 그래?"

냉정하게 정리하는 할머니 말이 서운하게 들렸다.

"그 이후에 연욱이나 다른 아이들한테 전혀 연락이 없었니?"

나는 고개를 저었다.

"나야 모르죠. 휴대폰 새로 바꾸면서 번호도 달라졌거든요."

"왜?"

할머니가 내 눈을 들여다보며 물었다. 나는 할머니가 묻는 말이 무슨 뜻인지 몰라서 어깨만 추어올렸다.

"번호까지 바꿀 필요가 있었느냐고. 혹시 연욱이나 다른 아이들한테서 전화 오는 게 싫어서 바꾼 거야?"

"그냥 바꿨는데요. 아무 생각 없이."

말은 그렇게 했지만 자신은 없었다. 그때는 모든 게 다 싫고 귀찮다고 생각했다. 중학교에서 그저 새롭게 시작하고 싶기도 했다. 그러려면 전화번호부터 바꿔야 했다. 그런데 그마음 사이사이에 연욱이 기억이 스며들지 않았는지는 나도 자신할 수가 없었다.

갑자기 할머니 휴대폰이 울렸다. 할머니는 밖으로 나가 전화를 받더니 문을 열고 말했다.

"너희 아빠가 잠깐 밖에서 보잔다. 두 주밖에 안 남았는데, 또 나가라고 할 건 아닐 테고. 뭐지?"

할머니가 고개를 갸웃거리며 혼자 정리 잘 하라는 말을 남기고 밖으로 나갔다.

정리라니, 불쑥 튀어나온 기억을 어디서부터 어떻게 정리해야 하는 거지? 세상에서 가장 듣기 싫은 말이 정리하라는 건데.

나는 침대에 앉아서 무엇부터 해야 할 것인지 정하기로 했다. 책상 위에 열린 채 놓여 있는 내 노트북이 먼저 눈에 들어왔다. 아니, 남의 노트북을 저렇게 해 놓은 사람이, 누구더러 정리를 잘 하래?

노트북을 닫으려는데 할머니 이메일 화면이 그대로 살아 있었다. 로그아웃 하려는데 제목 하나가 눈에 띄었다.

'조영분 간호사 님 이메일 맞죠? 저 수완이 엄마예요.'

진짜 간호사이긴 했구나. 나는 간호사복을 입은 할머니를 머릿속으로 그려 보려고 했지만 그 지점에서는 내 상상력도 한계를 드러냈다. 어쩔 수 없이 할머니가 진짜 간호사였는지 확인하기 위해 나는 그 메일을 열었다.

'면목 없습니다. 수완이 49재 때부터 연락드린다고 별렀는데, 간호사 님과 직접 통화할 용기가 나지 않아서 차일피일 미루기만 했어요. 얼마 전에 수완이 다이어리에서 간호사 님이 전화번호와 메일 주소를 적어 주신 쪽지를 찾았습니다. 수완이에게 힘들면 아무 때나 연락하라고 적어 주셨더군요. 수완이가 더없이 소중하게 간직한 쪽지를 보고 얼마나 울었는지 몰라요. 간호사 님이 그때 수완이 학교생활 살펴보라고 했던 말만 제가 주의 깊게 들었어도……. 저는 같이 있으면서도 수완이가 떨어지는 걸 막지 못한 건, 간호사 님 책임이라며 원망했습니다. 뒤늦게 수완이가 극단적인 행동을 하게 된 이유를 알았을 때도 간호사 님이 다 알고 있으면서도 먼저 얘기해 주지 않은 것만 갖고 섭섭해했어요. 그땐 다른 사람 탓이라도 하지 않으면 못 견딜 것 같았거든요. 얼마 전에야 정년퇴직 앞두고 병원 그만두신 사실을 알았습니다. 저희 애 일로 치료도 받으셨다고요. 정말 죄송합니다. 저희 아이 아픈 마음을 위로해 주신 분인데, 저희 생각만 했습니다. 고맙고 미안합니다. 수완이도 하늘에서 저와 같은 생각을 하고 있을 거예요. 아무쪼록 건강 되찾으시길 바랍니다. 수완 엄마 올림.'

나는 얼른 로그아웃을 하고 노트북을 닫았다.

좀 전에 할머니가 했던 말이 떠올랐다. 의도하지 않아도 엄연한 결과가 있고 피해를 본 사람이 있다는 말. 할머니가 왜 그렇게 연욱이 일에 흥분했는지 알 것 같았다. 그렇지만 내 경우는 그것과는 분명히 다르다. 다른 게…… 맞나? 맞겠지? 아니, 맞아야 해.

일단 연욱이 소식부터 알아야 할 것 같았다. 나는 가람이한 테 전화해서 연욱이가 어떻게 지내는지 알아봐 달라고 했다.

"너도 최형은이 연욱이 누나라고 생각하는 거지?"

"너도 우리 집에 사는 분이랑 점점 닮아 간다. 남의 일에 지나치게 관심 갖는 거, 범죄라며? 요즘 심심하냐?"

내가 쏘아붙이는데도 가람이는 아랑곳하지 않았다.

"내가 소설 좀 써 보려고 그런다. 어차피 넌 나 없으면 아무엇도 알아낼 수 없으니까 공손하게 대답부터 해. 맞지?"

"확실하게 해 두려고 그래. 그런 것 같기도 하고."

내가 들어도 자신 없는 목소리였다.

"그런 솔직한 태도, 좋았어. 내가 누구냐? 네 전화 못 기다리고 먼저 수소문해 봤지. 그런데 그 애 상태가 별로더라고."

"별로라니? 뭐가?"

"중학교에 가자마자 결석을 밥 먹듯이 했다나 봐. 딱히 건강에 문제가 있는 건 아닌데 학교생활을 거의 못 했대. 그러다가 대안학교 같은 곳으로 전학 갔다는데 그 뒤로는 아는 애가 없어. 거기서도 적응 못 했다는 말만 돌고. 걔가 왜 6학년 때 8반 애 납치될 뻔했던 일과 무슨 관계가 있었잖아. 그거 네가 알아낸 거라며? 그 일 때문이 아닐까?"

가람이 말에 다시 짜증이 치밀었다.

"졸업식 날 그 8반 애가 와서 직접 보고 아니라고 했잖아. 그렇게 다 정리됐는데, 그 일 때문이라니, 말이 돼?"

"연욱이가 아니었어? 나한테 연욱이 소식 전해 준 애는 같은 중학교에 다녔는데도 모르고 있던데? 걔에 관한 동영상 본 적도 있고. 그래서 나도 그것 때문인 줄 알고 있었지."

"제대로 알고 떠들어라. 설사 그 일 때문이라도, 그게 언제 일인데."

내 말에 가람이가 발끈했다.

"너도 졸업식 날 알았다며? 누가 알려 주지 않는데 그 자리에 없었던 애들이 어떻게 아냐! 다들 나처럼 모르고 있으니까 다른 초등학교에서 온 애도 연욱이한테 시비 걸듯 묻고 그랬겠지."

갑자기 심장이 쿵쾅거리고 머리가 어질어질했다.

"아니, 잘 알지도 못하는 애가 뭐라고 시비를 걸어! 연욱이 걔는 그런 말 듣고도 가만히 있었대? 진짜 이해가 안 되네. 누가 나서서 얘기해 주기를 기다리는 거야, 뭐야?"

가람이가 뜸을 들이더니 좀 전과 다른 목소리로 되물었다.

"석균아, 자기가 아니라고 밝혀진 게, 연욱이한테 중요했을까? 원래도 아니었는데 그게 확인된 것뿐이잖아?"

"그게 무슨 말이야?"

손톱 가장자리에 언제 생겼는지 거스러미가 자꾸 내 신경을 긁었다.

"아니, 자기가 아니라는 게 밝혀졌는데도 왜 가만히 있었겠냐고. 나 같았으면 그런 얘기 듣는 순간 억울하다고 난리쳤을 거고, 아니라는 게 밝혀지는 그날로 큰 싸움 벌였을걸. 근데 걘 자기가 아니니까 남이 어떻게 생각하든 상관없었던 거 아닐까?"

"상관없으면 그걸로 된 거지, 왜 학교생활도 제대로 못 하고 그러는 건데? 엄한 사람들 신경 쓰이게."

"그건 아니지. 자기가 결백한 것과 아이들한테 몇 달 동안 괴롭힘당한 건 다른 거잖아. 연욱이는 자기를 오해하고 괴롭혔던 애들의 사과를 기다렸던 거 아니냔 말이야. 너희 반 애들 중, 걔한테 사과한 애 있었어?"

거스러미를 물어뜯다 기어이 피를 보고 말았다.

나는 전화를 끊고 생각을 가다듬으려 애썼다. 그러나 쿵쿵거리는 심장 소리가 귀에 거슬릴 정도로 그치지 않았고, 손가락 통증은 좀처럼 나아지지 않았다.

그게 사과가 꼭 필요한 일이었어? 그럼 사과하라고 왜 말 못 해! 아니, 왜 바보처럼 아니라고 말하지 않았냐고! 생각은 거기서 한 발자국도 떼지 못하고 있었다.

문득 현장 학습에서 돌아올 때 버스 안에서 꿈인 듯 들었던 연욱이 목소리가 떠올랐다.

'나 아니라고! 이 나쁜 자식아!'

꿈이 아니었던 게 확실하다. 연욱이는 속삭이듯 말했지만, 그건 분노에 차서 항변했던 거다, 연욱이식으로.

전화를 끊기 직전에 가람이는 내게 물었다.

"최형은한테 전화할 거지? 너희 엄마 휴대폰을 어떻게 갖게 되었는지는 알아야 하잖아."

처음 최형은 전화번호를 알았을 때보다 몇 배나 더 막막했다. 이 혼란스러운 내용을 다 품고 있는 것 같은 엄마 휴대폰이 끔찍하게 느껴졌다.

거실에 나가 엄마 사진을 들여다보았다. 힘들어 죽을 것 같은 아들을 보며 엄마는 그저 상냥하게 미소만 짓고 있었다.

'아들, 네가 힘든 이유가 뭐야?'

엄마가 웃으며 물었다.

"자꾸 나를 몰아대기만 하잖아! 난 잘못 없단 말이야."

'잘못이 없는데 왜 그렇게 안절부절못하고 있어?'

"엄마 때문이잖아! 엄마는 알고 나는 모르는 게 뭐냐고! 그걸 알게 되는 게 겁난단 말이야! 그래서 전화하기가 싫고."

'너 추리 잘하잖아. 잘 생각해 보면 너도 모르는 일이 아닐걸.'

"아, 몰라. 도와주지 못할 거면 그런 눈으로 쳐다보지도 마!"

나는 엄마 사진을 돌려놓고 숨을 크게 내리쉬었다. 엄마도 도와주지 못하는 상황, 나는 어디 숨을 곳만 있으면 도망가고 싶었다.

갑자기 현관 번호 키 누르는 소리가 들리더니 바깥이 소란스러워졌다.

"난 김 선생이 뭐라고 해도 석균이 생각부터 들어야겠어요. 그리고 결정합시다."

할머니가 잘못 눌렀는지 번호가 틀렸다는 신호음이 울렸다.

"아니, 그 결정에 왜 제 아들을 끌고 들어가세요! 석균이하고는 제가 따로 얘기할 겁니다. 여사님이 나설 일이 아니라고요! 비켜 보세요. 제가 할게요."

틀렸다는 신호음이 몇 번 더 들리자 아빠가 나섰다.

"김 선생, 모든 일에는 순서가 있는 법이에요. 석균이 일인데, 정작 본인만 모르게 일이 결정된 걸 알면 석균이 마음이 어떨지 생각 안 해요?"

"그건 제가 알아서 한……. 어, 석균아! 너 왜 안 자고 나와 있어?"

현관문이 열리자마자 아빠는 유령이라도 본 것 같은 표정을 지으며 소리쳤다. 그러고는 놀라지 않은 척 어색하게 웃었다. 이미 다 들켰는데.

"아, 석균이 너, 마침 나와 있었네. 너희 아버지가 너한테 할 말 있단다."

할머니가 뒤따라 들어오며 말했다.

"여사님!"

아빠가 원망하듯 부르는데도 할머니는 눈 하나 깜짝하지 않고 말을 이었다.

"석균아, 네가 아버지 좀 도와드려야 할 것 같다. 너희 아버지가 지금 어려운 문제로 끙끙 앓고 있거든. 네가 도와드리면 한결 가벼워지실 거야."

"제가 한다고요! 자꾸 나서시면 저도 못 참습니다."

아빠가 누구 앞에서 저토록 화를 내는 것도 좀처럼 보기 드문 일이지만, 나한테는 할머니 얼굴과 말투가 더 예사롭지 않게 느껴졌다. 아빠만큼 크게 내지르지도 않고, 아빠만큼 얼굴을 찌푸리지도 않았지만 할머니는 여느 때와 달랐다. 아니 다르다고 느껴졌다.

"나도 알아야 할 일이면 지금 말해 줘."

나는 최대한 담담하게 말했다.

"아니, 지금은 때가 아니야. 엄마 기일도 곧 다가오잖아. 그 거 끝나고 얘기하자. 그날은 엄마한테 갈 거지?"

아빠가 내 눈치를 보며 말했다. 그러고 보니 엄마 기일이 열흘도 남지 않았다. 집에만 있으면 고여 있을 줄 알았던 시 간인데.

"그때 가서 얘기하겠다는 건, 의견을 듣겠다는 게 아니라 김 선생 결정에 따르라는 말이잖아요! 분명히 해 둘 게 있는 데, 김 선생이 제안한 대로 나, 이 집에 들어와서 살 의향 있 어요. 하지만 당사자인 석균이가 싫다고 하면 나 역시 싫어 요. 그러니까 빨리 결정할 수 있게 이 자리에서 얘기해요. 아 니면 내가 할 테니까."

아빠 결정? 할머니가 들어온다고? 도대체 무슨 말인지 가 늠할 수가 없었다.

"여사님이 무슨 권리로 내게 하라 마라 하시는 겁니까? 우 리 집에 얼마나 계셨다고 석균이 보호자처럼 구시는 거냐고 요! 석균이 아빠는 접니다. 아빠인 저보다 석균이를 더 잘 안 다고 착각하시나 본데, 거기까지만 하시죠. 집 문제는 다른 사람 알아보겠습니다."

아빠가 격앙된 목소리로 할머니에게 소리쳤다.

"그걸로 다 해결된다면 나도 남의 일에 나서고 싶은 생각 없어요. 일단 궁금한 거 하나는 묻고 넘어갑시다. 김 선생은 왜 모든 걸 혼자서 결정하고 처리하려고 해요? 그렇게 해서 되지 않는다는 걸 이 집에서 겨우 석 달 살아 본 나도 알겠던데. 아들한테 뉴질랜드에 가서 공부하면 어떻겠느냐고 의논하면 되는 거잖아요. 혼자 준비 다 해 놓았는데 석균이가 안 가겠다고 하면 그땐 어쩌려고? 잠들었을 때 번쩍 들어다가 비행기 태워 보내려고요? 석균이는 아버지의 그런 면을 못 견뎌 하던데, 진짜 모르는 거 아니죠? 내가 돌아가신 양반 두고 할 얘기는 아니지만, 아버지와 아들 사이 이렇게 만든 건 전적으로 석균이 엄마 책임인 것 같네요. 한집에 살면서도 다른 차원의 세계에 있었어. 그때까지 그 양반은 손 놓고 뭘 했는지, 원."

할머니는 곧 떠날 집에 미련도 없다는 듯 목소리를 돋우더니 방금 돌려놓은 엄마 액자를 손으로 가리켰다. 아빠는 할머니에 대한 원망보다 눈앞에 놓인 시한폭탄이 언제 터질지 몰라서 더 두려운 표정으로 나를 바라보았다.

"나 갈게. 뉴질랜드 이모한테 가라는 거지? 갈래. 대신 하루라도 빨리 갈 수 있게 해 줘."

이러면 되는 거였다. 가서 다시는 안 오면 되는 거였다. 최형은도 최연욱도 없는 곳에 가서 살면 되는 거였다. 엄마도 없는 이곳에서 아빠와 어색한 시간 견디지 않아도 된다니,

뜻밖에 탈출구를 찾은 기분이었다.

예상치 못한 내 대답에 아빠와 할머니는 몹시 당황하는 것 같았다. 아빠는 내가 아픈 게 아닌가 걱정하는 얼굴이었고, 할머니는 의심에 찬 눈으로 고개를 갸웃거렸다.

"진짜 간다는 거지? 뉴질랜드에 가겠다는 거, 맞지?"

아빠는 내가 고개를 끄덕이자 그제야 안심이 된다는 듯 진심으로 좋아했다.

"그래, 이모도 너 보고 싶다며 얼른 보내라고 했어. 필요한 서류 준비되는 대로 나랑 유학원에 한번 가 보자. 아예 엄마 기일에 납골당 갔다 오면서 들를까?"

못마땅한 눈길로 지켜보던 할머니가 기어이 또 나섰다.

"석균아, 그런 거 쉽게 결정하는 거 아니다. 네가 가고 싶어서 그런 게 아니라 도망치고 싶어서 그러는 거라면 더더욱 신중해야 하는 거야."

"무슨 말씀을 그렇게 하세요? 여사님 말씀처럼 석균이가 결정해서 가겠다잖아요! 어렵게 마음잡으려는 애한테 여사님은 왜 자꾸 찬물을 끼얹으시려는 거냐고요!"

내가 애써 못 들은 척하려고 엄마 액자를 원래대로 돌려놓고 있는데 아빠가 나섰다.

"어렵게 마음을 잡긴 누가요? 내 보기에, 신발 가게에서 운동화를 골라도 이것보다는 더 신중하겠네. 잘 생각해라, 피한다고 있었던 일이 없어지는 거 아니다. 아예 시작을 하지 않았으면 모르겠지만 이 상태로 두고 떠나는 건 도망가는 거나 다름없어. 그런 곳이 낙원일 리도 없고."

다분히 의도적이라는 걸 아는데도 낙원일 리 없다는 말이 나를 휘저어 놓았다.

"아니, 석균이가 뭘 잘못했다고 도망을 쳐요! 석균아, 여사님 말씀……."

"맞아요. 도망가려고요! 여기서는 못 견디겠는데 그럼 안 돼요? 내가 뭘 잘못했는지도 모르는데, 연욱이는 학교에도 제대로 못 가고 있대요. 지금까지도 애들한테 괴롭힘당하면서 아니라는 말도 못 하고 있대요. 그게 나 때문이면 어떻게 해요? 전화번호가 머릿속에서 맴도는데도 최형은한테 전화를 할 수가 없다고요! 내가 그때 바보같이 나서지만 않았으면 되는 거였는데. 만약 그랬다면 연욱이도 멀쩡하게 학교 다녔겠지요. 만약 내가 그 운동화 사진을 찾아내지 않았다면 지금쯤 엄마가 살아 있을지도 모른다고요!"

울컥하는 마음에, 아빠가 있는데도 나는 담아 두었던 말을 다 퍼부었다.

"최형은? 네가 형은이한테 왜 전화를 해! 걔가 너한테 연락했어? 언제?"

좀 전과 또 다른 목소리로 아빠가 다그쳤다. 나는 어떤 것부터 대답해야 좋을지 몰라 답답하게 아빠 얼굴만 바라보았다.

"김 선생도 최형은을 아나 보네. 이럴 줄 알았어. 가까운 곳 놔두고 다들 얼마나 돌아온 거냐고! 그러니까 석균이가 얼마 전에 최형은이란 사람이 보낸 소포를 받았어요. 그 안에 석균이 엄마 휴대폰이 들어 있습디다. 석균이가 요즘 그것 때문에 얼마나 스트레스를 받고 있는지 몰라요. 엄마가 왜 최형은을 찾아갔는지, 최형은이 자기와 무슨 상관이 있는지, 초등학교 때 일로 그러는 건지, 아는 게 없으니 더 불안할 수밖에 없었던 거죠."

할머니가 혀를 차며 말을 맺었다. 그러자 아빠가 물었다.

"형은이가 연욱이 누나라는 건 알고 있었어?"

"짐작으로만. 맞아?"

내 물음에 아빠는 고개를 숙이고 양손으로 머리카락을 움켜쥐었다.

"이제 김 선생이 얘기할 차례 같은데."

할머니가 차분히 아빠가 말할 자리를 넘겨주었다. 나는 가까스로 피가 멎은 거스러미를 다시 물어뜯었다. 부디 내 짐작이 맞는 건 여기까지이기를.

13. 만약은 없다

"엄마한테 내가 연욱이 얘기를 했다."

눈을 꼭 감은 채 아빠가 말했다. 잔뜩 힘을 준 아빠의 양쪽 눈 끝으로 주름 몇 개가 부채처럼 패었다.

"형은이가 작년 가을에 나를 찾아온 적이 있었어. 우리 학교 학생인데, 동생 문제로 너에 대해 알아보다가 내가 그 아버지라는 걸 알았다면서 연욱이 얘기를 하더라고. 처음엔 그냥 듣고 있었는데, 나중에는 적개심 가득한 눈빛으로 네 얘기를 하는데 더는 못 듣겠다고 했어. 한참 전에 일어난 일인데 이제 와서 우리 아이한테 뭘 바라는 거냐고, 그 정도 일로 연욱이가 힘들어 한다는 게 솔직히 이해도 안 되는데 일방적으로 네 책임을 물을 수는 없다고 했지."

"용기를 내서 왔을 텐데…… 얼마나 섭섭했을까?"

할머니 말에 아빠가 고개를 흔들었다.

"화를 내더라고요. 연욱이가 내 아들이어도 그렇게 말했겠느냐면서요! 정작 자기 식구들은 연욱이가 졸업식 날 울고 있는 걸 보지 않았다면 무슨 일이 있었는지도 몰랐을 거래요. 그냥 두면 무슨 일 저지를 것만 같아서 상담 치료도 받게 했는데, 본인이 말을 하지 않으니 효과도 없었고요. 이것저것 다 해 보다가 답을 찾지 못해서 찾아온 애한테 연욱이가 그렇게 된 건 불행한 일이지만, 이겨 내야 하는 건 본인의 몫이라고 했어요. 형은이가 돌아서면서 그러더라고요. 사과를 바라고 온 게 아니라고요. 동생은 자기가 알아서 돌볼 테니, 연욱이를 괴롭혔던 애들은 그저 자기들이 저지른 일이 뭔지는 알았으면 좋겠다고요. 그 얘기를 네 엄마한테 했다가 크게 싸웠던 거야."

어쩌면 아닐지도 모른다는 일말의 희망마저 날아가고 말았다. 꿈에도 그런 줄 모르고 지냈는데, 나만 빼고 모두 알고 있는 일을 어째서 나는 눈치도 못 채고 있었던 거지?

"그러고도 연욱이 누나를 찾아간 걸 보면, 석균 엄마는 김 선생과 의견이 달랐나 보네요."

"애 엄마는 석균이한테 얘기해야 한다고 했지만 내가 반대했어요. 석균이는 기억도 못 하는 것 같은데, 정확하지도 않은 일로 상처 줄 일 만들 것 없다고요. 그랬더니 혼자서 찾아

간 모양입니다. 돌아오다 교통사고를 당한 거고요."

아빠는 꼭 감은 눈을 좀처럼 뜨려고 하지 않았다. 눈물샘이라도 막으려는 것처럼. 그러나 이미 아빠 목소리에는 습기가 번지고 있었다.

"일이 그렇게 된 거였네. 석균 엄마 성격 보통이 아니었나봐요. 그럼 김 선생은 석균 엄마가 형은이를 만난 걸 언제 알았던 거예요?"

"처음에는 몰랐어요. 사고가 난 곳도 출퇴근 때 늘 다니던 길이어서⋯⋯. 그런데 형은이가 석균 엄마 사고 나고 한 달쯤 뒤에 메일을 보냈더라고요. 사고가 있었다는 걸 뒤늦게 안 모양이에요. 석균 엄마가 놓고 간 것도 있다면서 한번 찾아오겠다는데, 더는 엮이고 싶지 않으니 다시는 연락하지 말라고 했어요. 애 엄마와 무슨 얘기가 오갔는지 모르지만, 그 사실을 알면 가뜩이나 힘들어하는 애가 도저히 이겨 낼 수 없을 것 같더라고요. 그때는 애 엄마가 형은이를 만나고 오는 길에 사고를 당했다는 것도 받아들이기 힘든 데다가, 일단 석균이부터 보호해야 한다는 생각에, 더 매정하게 굴었어요."

"어떤 마음이었는지 이해해요. 경황도 없었을 텐데⋯⋯."

할머니 말에 아빠가 고개를 숙였다.

"수도 없이 생각했습니다. 만약에 애 엄마한테 알리지 않았다면, 사고를 막을 수 있지 않았을까? 만약에 애 엄마 말을 듣고 석균이한테 그때 얘기했더라면 일이 이 지경에 이르는 걸 피할 수 있지 않았을까? 만약 그때 형은이한테 진심으로 사과했더라면…….”

엄마가 사고를 당하기 전날 밤 학원에서 돌아오다가 엄마 아빠 싸우는 소리를 들었다. 자주 있는 일은 아니지만, 가끔 아빠 억지에 엄마가 큰소리치는 것을 봐 온 터라 크게 마음 쓰지 않았다.

엄마가 잠깐 방에 들어와서 했던 말이 뭐더라? 아니다, 엄마는 내 얼굴만 들여다보고 있었고 내가 먼저 물었지.

“왜 싸웠어? 아빠는 한번 옳다고 꽂히면 누구 말도 안 듣는다며? 설득을 포기하는 게 현명하다면서 뭘 자꾸 싸워? 그렇게 결혼 상대를 고를 때 신중했어야지.”

내 말에 엄마가 피식 웃었던가?

“신중했으면 네가 없을지도 모르는데? 엄마나 아빠나 늦은 나이에 결혼해서 너를 낳았을 때만 해도 세상에서 제일 어른스러운 부모가 될 줄 알았는데, 맨날 싸우는 거나 보여 주고. 참 시시하다, 그치?”

엄마가 다시 쓸쓸하게 웃었다.

“오늘의 주제는 뭔데? 내 진로 문제? 그런 걸로 심각할 리 없는데. 아, 아빠가 또 혼자 누군가한테 배신당했구나. 그쪽은 아무 짓도 안 했는데. 같이 미워해야 한대?”

나는 가방에서 숙제할 공책을 꺼내다 말고 키득거렸다.

"아들, 만약 내가 기억하지 못하는 일 때문에 누군가 힘들어졌다면, 그런데 그걸 뒤늦게 알게 되었다면, 너는 어떻게 하겠어?"

"아빠가 기억에 없는 일이라고 자긴 책임 없대? 진짜 어이없다. 분명히 알고 있으면서 괜히 그러는 거야, 사과하기 싫으니까. 안 봐도 알겠다."

그때 아빠가 들어와서 애한테 무슨 소리를 하는 거냐고 목소리를 높였다. 두 사람이 더 싸웠는지 어쨌는지 알지 못한 채 나는 평화롭게 잠을 청했던 것 같다. 나와 아무 상관 없는 일이었기에. 그런데 그게 다 나 때문이었다는 거지?

문제는, 그 전말을 다 듣고도 도무지 현실감이 들지 않는다는 거였다. 우주선을 타고 점점 작아지는 지구를 보는 느낌이랄까? 아니면 일찌감치 범인을 찾아낸 추리 영화를 내 예측이 맞는지 확인하려고 끝도 없이 지루하게 돌려 보고 있는 느낌?

"만약이라고? 그런 식으로 자신을 섣부르게 위로하지 말아요. 세상 고약한 단어가 그 '만약'이라는 말입디다. '만약'으로 뭘 할 수 있냐고요!"

할머니가 갑자기 소리치는 바람에 우주선을 타고 추리 영화를 보던 나는 현실로 돌아왔다.

"'만약' 뒤에 숨어서 상상만 하고 있으면, 죽은 사람이 살아 돌아온답디까? 아님 벌어진 사고가 없던 일로 된답디까?

그것도 아니면 문제가 저절로 해결되냐고요! 해결할 생각은 안 하고……. 하나같이 한심하고 못나 빠졌다니까."

얼굴이 벌게져서 언성을 높이는 모습이, 좀 전까지 아빠를 측은하게 바라보던 할머니가 아니었다.

"한심하다니요, 말씀이 지나치신 거 아닙니까? 석균 엄마를 잃고 우리 마음이 어떤지 여사님이 알기나 하냐고요! 석균이는 충격으로 집밖에도 못 나가는 거 아시잖아요. 이런 애한테 엄마 사고 얘기를 어떻게 다 전해요! 엄마랑 유난히 사이좋았던 앤데, 무슨 생각을 할지 어떻게 아느냐고요!"

아빠는 내 얼굴을 흘끔 보고는 억울하다는 듯 항변했다.

"그럼 끝까지 모르게 하려고 했어요? 김 선생은 마음만 먹으면 언제까지라도 애를 아버지 무균실에서 보호할 수 있다고 여겼나 보죠? 아니, 처음부터 결과를 알고 행동하는 사람 있어요? 사람이 교통사고로 죽을지 5층에서 떨어져 죽을지 누가 알겠느냐고요! 사고였잖아요! 그건 연욱이 일이 아니어도 일어날 수 있는 사고였다고요! 석균이한테는 그걸 말해줬어야지요! 그래야 석균이도 자기가 수습해야 할 일이 뭔지 알지, 도망친다고 없던 일이 되냔 말이에요! 뉴질랜드에 가면 석균이 너는 다 잊고 지낼 수 있을 것 같니? 이렇게 다 밝혀졌는데, 김 선생은 석균이를 보내면 다 끝날 것 같냐고요! 몰랐으면 어쩔 수 없지만, 이제 알았잖아! 찾아가! 연욱이 직접 만나서 서로 오해한 것도 풀고 사과할 건 사과하고 그러면 되잖아! 한심하게 굴지 말고!"

"아니, 우리 석균이한테 정말 왜 이러시는 겁니까? 아직 어린애잖아요! 조 여사님 가족도 아닌데 왜 함부로 말하시는 거냐고요! 여사님은 살면서 한 번도 후회하고 숨고 싶었던 적 없었어요?"

아빠는 아빠식으로 나를 끝까지 보호하고 싶어 했지만, 나는 그 마음을 받아들일 여유가 없었다. 지금은 그냥 이 자리를 벗어나고만 싶었다.

"아이고, 이제 그만합시다. 남의 가족사에 끼어들어 이래라 저래라 할 처지가 아닌데, 내가 또 주제넘은 짓을 했네요. 사람한테 마음 주는 거, 다시는 하지 않기로 했으면서 잠깐 정신이 어떻게 됐나 봐요. 미안해요."

할머니는 아빠와 나를 지나쳐 발코니로 나갔다. 꼿꼿하게 펴진 할머니 등이 전에 없이 힘들어 보였다. 화분을 매만지며 혼자 중얼거리는 할머니를 보면서 아빠가 내게 말했다.

"네가 제일 힘들 텐데, 방에 들어가 쉬어."

나는 처음으로 아빠 말을 순순히 따랐다. 그리고 그날 밤, 할머니는 조용히 집을 나갔다.

14. 내뱉은 말과 삼켜진 말의 거리

며칠이 지나도록 아빠는 할머니에 대해 한 마디도 하지 않았다. 나도 묻지 않았다.

우리 집에 남은 할머니 물건이라곤 발코니에 놓인 화분들과 그 방 벽에 비뚜름하게 걸린 액자뿐이었다. 그리고 고유한 할머니 냄새? 사람이 없는데도 약품 냄새 같은 게 할머니가 놓고 간 물건에 배어 있다는 것도 희한한 일이었다.

주황색 바탕에 노란색과 빨간색 네모가 위 아래로 꽉 차게 그려진 그림을 보고 있으니 기분이 묘해졌다. 더 이상 할머니 방이 아닌데, 그림이 그 방 주인을 할머니로 정해 버린 듯한 기분이랄까?

한 달 전쯤에 할머니가 그 액자를 가져오는 바람에 처음이 방에 들어왔다. 액자 하나를 겨우 들고 오기는 했지만 혼자 걸 수 없다며 나를 부른 것이다. 예전에 달력을 걸었던 못이 꽤 높은 곳에 박혀 있어서 액자 걸 위치로는 맞지 않았다. 그래서 새로 못을 박는 게 어떠냐고 했더니 할머니는 단박에 싫다고 했다.

"못이 있어서 액자를 가져온 거야. 뭔가 걸면 좋을 것 같아서. 다른 못은 필요 없어."

의자를 놓고 액자를 건 뒤에 내가 제대로 걸렸냐고 물었더니 할머니는 됐다고 했다.

"되긴 뭐가 됐어요? 오른쪽으로 기울어졌잖아요."

내려와서 보니 눈에 거슬릴 정도로 액자가 기울어졌다. 할머니는 의자에 다시 올라가려는 나를 말리며 더 이상 손을 대지 않아도 된다고 했다.

"저 정도 기울어진 거 괜찮아. 뭐든 똑바로 있어야 한다는 것도 강박 중 하나다, 너. 뭔가 손 갈 일이 있으니까 이 방이 훨씬 살아 있는 것 같잖아. 정도 더 가고. 이거면 딱 좋아."

기울어진 액자로 어떻게 방에 정이 더 갈 수 있다는 건지 그 말뜻은 알 수 없으나, 신경이 쓰여서 자꾸 들여다보게 되는 건 확실했다. 그런 걸로는 액자나 할머니나 비슷하다.

진심으로 기울어진 게 좋냐고 물었을 때 할머니가 그랬다.

"진심? 지금은 진심이지. 하지만 사람의 진심이라는 거, 그거 잠깐이다. 지금은 이 마음이 전부고 진짜 같지만 시간이 지나면 또 다른 마음이 진짜처럼 느껴질 수도 있지 않겠어? 그러니 진심으로 말하는데, 진심, 너무 믿지 마. 나중에 민망해서 진심을 말하지 못할 수도 있으니까."

그때도 지금도 말장난 같던 할머니 말을 명쾌하게 이해할 수는 없지만, 할머니식으로 내 진심을 말하자면, 비뚤어진 액자는 여전히 보기 불편했다.

그날 할머니가 화를 냈던 모습은 좀처럼 쉽게 지워지지 않았다.

가람이한테서 흘려들었던 간호사 얘기, 연욱이 일로 흥분했던 할머니, 수완이 엄마가 보낸 편지에 5층이라는 퍼즐 조각을 끼워 보니 그 일이 할머니와 무슨 관계가 있는지 좀 더 명확해졌다. 그래서였던 거다. 그 충격으로 할머니는 병원도 그만두어야 했고, 이사 온 지 얼마 되지 않았는데도 4층 자기 집을 두고 1층 우리 집에 기를 쓰고 들어오려고 했고, 꼭대기 층에 있는 요가 학원은 갈 수가 없었던 거였다.

그리고 내 생각이 맞다면 할머니는 누구보다 '만약'을 많이 생각했을 터였다. 만약 그날 새벽 조금만 더 일찍 그 애 손을 잡았더라면, 만약 그 전날 밤에 야단쳐서 애를 돌려보냈더라면, 만약 그 애 상황을 부모님한테 좀 더 심각하게 전했더라면……

나는 벽지에 그려진 선대로 액자를 똑바로 걸었다가 다시 기울여 놓았다. 돌아올지 모르지만 액자가 걸려 있는 한, 여기는 아직 할머니 방인 셈이고, 그렇다면 기울어진 액자가 더 어울리니까. 잠깐의 진심인지 몰라도 그건 할머니를 위해서가 아니라 나에 대한 위로였다. 익숙한 온기가 사라지는 건 두려운 일이라는 것을, 나는 두 번째 경험하고 있었다.

아빠와 나는 다시 예전으로 돌아갔다. 아니, 아빠는 예전보다 우리 사이가 나아졌다고 생각하는 것 같았고 나는 그보다 못하다고 생각하고 있으니, 내가 말하는 예전으로 돌아갔다는 말은 평균값을 의미하는 것이다.

"엄마한테 갈 때 고모가 온다는데……. 괜찮지?"

아빠가 조심스럽게 물었다. 밥 먹었냐느니, 종일 별일 없었냐느니 같은 일상적인 질문 말고 처음으로 내 뜻을 물은 것이다.

"첫 번째 기일인데, 고모가 이것저것 준비해 주신다고 하네. 대신 거기서만 네 얼굴 보고 바로 가시라고 할게."

내가 대답을 하지 않으니 아빠는 초조한 모양이었다.

"약속했잖아. 그날은 엄마한테 갈 거지?"

그 말을 할 때의 상황과 지금은 아주 다르다는 걸 아빠한테 제대로 전할 수 있을까?

"모르겠어. 지금 같아서는."

나는 솔직하게 대답했다.

너무 많은 사실들이 사정없이 밀어닥쳤다. 그리고 그것을 알게 된 지금, 나는 아빠가 원망스럽다. 아빠가 엄마의 빈자리를 메우려던 것을 미워하던 시간이 그리울 정도로. 나를 위해서 한 일이 내가 알고 있다고 믿었던 것들을 다 헝클어 트리고 말았다. 이 혼돈 속에서 허우적대기도 버거운데 나더러 아무렇지 않게 엄마를 마주하라고?

"뭘 몰라? 간다고 했잖아. 첫 번째 기일인데, 안 가고 너 혼자 뭘 하게? 너, 장례식 때도 못 가서 엄마가 어디에 있는지도 모르잖아. 이번에 안 가면 내년에는 뉴질랜드에 있을지도 모르는데 엄마를 봐야 하지 않겠어?"

나는 뉴질랜드라는 말이 낯설어서 아빠 얼굴을 똑바로 쳐다보았다. 아빠가 고개를 절레절레 흔들며 다시 물었다.

"너, 혹시 유학도 다시 생각하는 건 아니지? 석균아, 네가 가겠다고 할 때랑 달라진 건 아무것도 없어. 여기에 있어 봤자 너한테 좋을 거 없잖아. 가! 가면 새로운 환경에 적응하느라 다른 데 마음 쓸 일 없을 거야. 아빠 말 믿어. 응?"

그러고 싶었다. 다른 건 다 떠나서 아빠만 믿으면 다 해결될 거라는 말을 믿고 싶었다. 그러나 나는 엄마가 다시 돌아오지 못한다는 걸 알았을 때처럼 깊은 무력감에 빠져 있었다. 아무도 믿을 수 없고, 어떤 말도 위로가 되지 않고, 밤만 계속되는 바다 한가운데 혼자 떠다니며 생명이 다하는 날이 언제일까 지루하게 기다리던, 일 년 전의 나로 돌아가 있었다.

아빠도 지친 탓이었을까? 아니면 내 얼굴에 떠 있는 무력감을 읽어서였을까? 지난 며칠 동안 아빠를 지탱하던 초조함이 한순간에 분노로 바뀌었다.

"일 년이야! 일 년이면 빠져나올 때도 되지 않았어? 내가 너한테 특별한 걸 바라니? 그저 평범한 애들처럼 지내라는 거잖아. 성적 떨어져서 야단도 맞고, 여자 친구 때문에 고민도 하고, 용돈 더 달라고 거짓말도 하고. 내가 만났던 대부분의 아이들이 하는 일이야! 그런데 왜 내 아들한테는 그게 그렇게 어려운 일이냐고! 언제까지 이러고 있을 건데! 엄마 없는 애가 세상에 너 하나야? 이만큼 시간이 흘렀으면 너도 뭘 하겠다고 해야 하잖아! 넌 어떻게 끝까지 네 생각만 하냔 말이야!"

이게 아빠가 평소에 하고 싶었던 말이었는지도 모른다. 평범하게 살아 달라는 쉬운 부탁 하나 들어주지 않는 아들에 대한 분노. 그러나 내가 탄 배는 육지에서 멀리 떠나온 뒤였다. 아빠의 분노로 그 배를 어떻게 할 수는 없었다.

"왜 아무 말도 안 해! 그래, 대답할 것도 없이 그냥 가는 거야! 내일모레 엄마한테도 가고, 서류 준비되는 대로 이모한테도 가! 그게 지금 너한테는 가장 좋은 방법이야. 알았어?"

아빠는 내 대답을 듣기도 전에 얼른 등을 돌렸다.

"아빠는 왜 한 번도 안 물어봤어?"

아빠 어깨가 움찔하는 게 느껴졌다.

"처음에는 내가 기억하지 못하니까 그렇게 했을 수도 있는데, 그 뒤로도 왜 내게 묻지 않았어? 그 일을 나한테 묻는 게 가장 쉬웠을 텐데. 안 궁금했어?"

그날부터 묻고 싶었던 말이었다.

아빠가 돌아서서 말했다.

"그 일도 기억 못 하는데 엄마 사고까지 네 탓 할까 봐 말 못 했어."

나와 눈을 마주치지 못하고 아빠는 오른쪽을 내려다보고 있었다. 하필 이런 때 할머니 말이 떠오르다니.

"내가 기억하는지 안 하는지 묻지도 않고 어떻게 알아?"

"그건……."

아빠가 말꼬리를 흐렸다.

나는 아빠한테 다가가 눈을 맞추며 다시 물었다.

"아빠는 내가 연욱이 일에 책임이 없다고 진짜로 믿는 거야? 어떻게 확신해?"

"……."

어떤 때는 나도 자신이 없었다. 연욱이 일을 진짜 기억하지 못하는 건지, 아니면 책임지고 싶지 않아서 잊고 있는 척하는 것인지. 그래서 더 알고 싶었다. 아빠는 진심으로 믿는 건지. 나는 천천히 다시 물었다.

"지금도 아빠는 묻지 않고 있어. 진짜 내 대답이 궁금하지 않아?"

"겁이 나서 그랬어. 틀렸을까 봐, 내 생각이 틀렸다고 할까 봐 무서워서 묻지 못했어. 네가 자기 탓이라고 하는 것보다 내 판단이 틀렸다고 인정해야 하는 게 더 겁이 났다고! 아무것도 돌이킬 수 없는데, 어디서부터 바로잡아야 할지 모르겠는데, 나 때문에 엉망진창이 되어 버렸다는 걸 인정하는 게 너무 무서웠다고!"

아빠는 끝내 내 대답을 듣지 않고 비틀거리며 방으로 들어갔다.

말이 되는지 모르겠지만, 아빠의 속내가 내 배를 돌려세웠다. 처음으로 아빠가 있는 육지 가까운 곳에 닻을 내리고 싶어졌다. 아직 육지에 내려야 한다는 생각은 들지 않았다. 내리기 전에 정리해야 할 일들이 남았기 때문이었다.

나는 엄마 사진을 들여다보았다. 그럴 줄 알았다는 듯이 엄마가 소리 없이 웃고 있었다. 잘난 척하기는.

엄마 기일에 아빠는 혼자 엄마를 보러 갔다. 같이 가자고 하면, 힘들어도 나설 생각이었으나 아빠는 그러지 않았다. 아빠도 엄마한테 따로 하고 싶은 말이 있을 터였다.

나는 식탁 위에 엄마 사진을 놓고 연욱이 얘기를 하고 있었다.

"미안하다는 말은 나중에 하겠다고 했어. 이미 늦었는데 입에 발린 사과가 무슨 의미가 있겠느냐고. 대신 아빠도 엄마도 또 연욱이 누나도 아닌 우리 둘이서 먼저 이해하고 있는 것과 오해하고 있는 얘기를 하자고. 그다음에 정식으로 사과하겠다고 했어. 내가 기억하는 그때 얘기를 얼마나 길게 썼는지 몰라. 태어나서 그렇게 길게 메일을 써 본 건 처음이 었다니까. 그러고 나서 물었지. 왜 그때 아니라고 하지 않았 느냐고. 애들 앞에서 한마디로 난 아니라고, 너희들이 틀렸 다고 했으면, 당하는 일도 없었을 거 아니냐고 말이야."

그리고 오늘 새벽에 나는 연욱이 답장을 받았다. 화해를 한 것도 아니고 겨우 이해의 실마리 끝만 잡았지만, 우리 둘 다 참으로 오랜 시간을 돌고 돌아서 그 새벽까지 온 느낌이 었다.

엄마한테 연욱이 메일을 읽어 주려는데 갑자기 현관 번호 키 누르는 소리가 들려왔다. 두어 번 틀리는 걸로 봐서 누군 지 안 봐도 알 것 같았다.

"너, 왜 여기 있어? 오늘 엄마 기일 아냐?"

할머니가 등산복 차림으로 우산을 털며 들어오다가 나를 보고 깜짝 놀랐다.

"아빠 혼자 갔어요."

할머니가 눈살을 찌푸렸다.

"기어이 고집을 부린 거야? 모르는 척 따라나서지, 혼자 엄마 사진 놓고 청승 떨 거면서."

"청승은 누가 떨었다고 그래요? 오늘은 내가 양보한 거라 고요. 근데 비어 있는 줄 알면서 남의 집에 드나드는 건 범죄 아니에요?"

나는 할머니가 돌아와서 반갑다는 말을 내 식으로 표현했다.

"아직 나흘 남았어. 남은 나흘 동안은 내가 뭘 해도 되는 정식 세입자라는 계약서 보여 줘? 어휴, 답답한 공기 봐. 얘들아, 잘 있었니? 나 없는 사이에 저 인정머리 없는 애가 구박하진 않았어?"

할머니는 발코니로 나가 바깥 창문을 열고는 화분을 하나하나 정성껏 매만지며 말을 걸었다. 빗소리와 함께 화단에서 올라오는 흙냄새가 발코니에 가득했다. 구부정하게 허리를 굽힌 할머니 모습이 화분 틈 사이로 편안해 보였다.

"그동안 내가 물도 줬어요. 세 번이나."

거실 창문에 기대서서 내가 말했다. 예상대로 할머니는 깜짝 놀라 목소리를 높였다.

"세 번이나 줬다고? 여기 있는 걸 다?"

내가 힘주어 고개를 끄덕이자 할머니가 나를 흘겨보았다.

"시키지도 않은 일은 참 잘해요. 화분에 물 주는 날 붙여 놨구먼. 얘들 익사시키려고 했어? 넌! 화분 흙 마를 때까지 이 근처에 얼씬도 하지 마."

할머니가 화분 받침에 고인 물들을 버리며 말했다.

"잎도 닦아 줬는데……."

내가 한 번 더 생색을 내자 할머니가 기어이 소리쳤다.

"어쩌라고!"

"햄버거 사 주세요. 치킨이면 더 좋고요."

뻔뻔하게 내가 생글거리자 할머니는 다시 한번 흘겨보며 주문하라고 했다.

"너 오늘 좀 이상하다. 그사이에 무슨 일 있었지? 징그럽게 웃지 말고 하던 대로 해! 엄마 기일에 실성한 애 같잖아."

할머니가 흘끔거리며 아무리 싫은 소리를 해도 자랑할 게 남아서인지 자꾸 웃음이 새어 나왔다. 모처럼 식탁 위에 치킨과 햄버거가 그득한 것도 마음에 들고.

"말해 봐. 무슨 일 있지? 연욱이랑 통화라도 한 거야?"

나는 연욱이한테 온 메일 화면이 뜬 휴대폰을 할머니 눈앞에서 흔들었다.

"답장 왔어요, 오늘."

"엥? 네가 먼저 편지 썼다고? 어디 봐."

"안 돼요. 왜 남의 편지를 보려고 해요?"

나는 할머니 손이 닿기 전에 휴대폰을 얼른 주머니에 넣었다.

"너 먹지 마!"

할머니가 치킨과 햄버거를 팔로 감싸 안으며 소리쳤다.

"먹는 거 갖고 이러는 건 진짜 치사한 거 아니에요? 가만 보면 늘 먹는 걸로 위세 부리시더라."

"너한테는 이게 백 퍼센트 먹히거든. 어떻게 할래? 빨리 정해."

할머니는 정말 도로 가져갈 것처럼 배달 온 음식을 주섬주
섬 싸며 말했다.

"아, 알았어요. 내가 세 번이나 편지를 썼더니 오늘 아침
겨우 답장이 왔어요. 그것도 아주 싸하게요."

"세 번이나 편지를 썼다고? 네가?"

할머니가 놀란 얼굴로 나를 쳐다봤다.

"처음 두 번은 거의 이름이랑 어색한 인사만 썼어요. 근데
확인은 하더라고요. 그래서 세 번째는 아주 작정을 하고 길
게 썼더니 이렇게 답장이 온 거예요. 요점만 말하자면, 연욱
이는 아직 나를 만날 생각은 없대요. 그래도 궁금한 건 대답
해 줬어요. 그동안 왜 아니라고 하지 않았느냐고 물으니까,
누구 한 사람도 자기한테 묻지 않았대요. 아침마다 오늘은
대답해야지 하고 등교해서는 허탕 치고 돌아간 날이 졸업식
하는 날까지였대요."

"뱉어야 할 말을 몇 달 동안 삼키고만 있었으니 병이 날 만
도 하지. 딱해라."

할머니가 혀를 차며 말했다.

"형은이 누나가 반 애들을 찾아갔는데, 걔들은 자기들이
직접 묻지 않았다는 사실조차 모르더래요. 심지어 연욱이는
우리 학교 근처에서 나를 기다리기도 했는데, 내가 알아보지
못하고 지나쳤다는 거예요. 자기는 정말 힘들었는데, 정작
자기를 힘들게 했던 애들은 기억도 못 한다고 생각하니 그때

부터는 아무 의욕도 생기지 않더래요."

"으이그, 아무리 관심이 없다 해도 친구를 몰라보냐? 그것도 연욱이를? 너도 어지간하다. 그런데 그런 편지를 받고도 괜찮은 거야? 연욱이는 널 만날 생각도 없다는데?"

할머니가 미심쩍다는 듯 되물었다.

"가람이가 그랬어요. 내가 남한테 공감 능력 없는 걸로는 입원 치료를 요하는 수준이라고요. 뭐가 잘못되었는지 이제 겨우 안 거잖아요. 걔는 몇 년을 힘들어했는데 고작 답장 한 번 받은 것 갖고 내가 뭐라고 그러겠어요? 마음 풀릴 때까지 뭐든 해야죠. 이제 시작하면 돼요."

거짓말이 아니었다. 나는 겨우 엄마 휴대폰에 적힌 글 한 줄이 목에 가시가 되어 아무것도 넘길 수 없었는데, 연욱이는 그 오랜 시간 억울하게 박힌 가시를 빼지도 못하고 지냈을 것이다. 이제 겨우 알게 되었으니 가시를 빼 줄 방법을 찾으면 된다. 서두르지 않고 해 볼 작정이다.

할머니에게 아빠와 했던 얘기까지 다 전할 즈음에는 배가 불러서 햄버거와 치킨에 더는 손이 가지 않았다. 나는 손을 닦으며 할머니에게 물었다.

"그런데 뱉어야 할 말을 삼키고 있으면 진짜 병이 나요?"

"몰라."

발뺌하듯 무심한 할머니 대답에 나도 모르게 목소리가 높아졌다.

"좀 전에 그렇게 말했잖아요. 뱉어야 할 말을 삼키고 있으면 병난다고."

"내가 너보다 더 살았다고 해서 네가 궁금해하는 걸 다 알 거라고 착각하지 마. 그저 그럴 거 같아서 말한 것뿐이니까. 상식적으로 생각해도 세상 사람들이 다 뱉어야 할 말 뱉고, 삼켜야 할 말 다 삼키며 사는 건 아니잖아? 그런다고 다 병이 나는 것도 아니고."

"어른이 너무 무책임한 거 아니에요?"

내 항의성 핀잔에 할머니가 음료수 컵을 내밀며 한숨을 쉬었다.

"그럴지도 모르지. 나도 이 나이가 처음이라서 서툴고 당황스러울 때가 있거든. 그걸 남한테 들키고 싶지 않을 뿐이지. 어쨌거나 내가 헤매는 동안 너와 연욱이는 뭔가 시작했구나 싶어서 대견하고 부럽고, 그러네. 솔직하게."

할머니의 솔직함에, 이번에는 내가 당황했다.

"진심이세요?"

나는 할머니 얼굴을 살피며 되물었다.

"당연하지. 내일은 어떻게 될지 모른다는 게 함정이긴 하지만, 현재 내 진심은 그래. 참, 기일인데 네 엄마랑 인사라도 나눠야겠다. 석균 엄마, 지난번에 내가 했던 말, 사과해야겠어요. 그때는 이 집 부자 때문에 화가 나서 그랬는데, 지금 보니 아들 아주 잘 키웠어요. 고민하고 용기 내서 일 처리하는 걸 보니 걱정할 필요 없겠네요. 아, 머리 나쁜 건 빼고요."

할머니는 식탁 한쪽에 세워진 엄마 얼굴을 보며 말했다.

"머리 나쁘다니요, 누가요?"

"그렇게 아니라는데도 자꾸 할머니래. 제 입으로 약속해 놓고도 기억 못 하는 걸 보면 돌머리 맞아요! 뭐 다 좋을 수는 없는 거니까. 아무튼 난 사과했어요."

할머니가 엄마한테 내 흉을 보는데도 내 입에서는 자꾸 웃음이 새 나왔다. 웃었다 찡그렸다 나를 흘겨보는 엄마 얼굴이 그려져서였다. 갑자기 기가 막히게 좋은 생각이 떠올랐다.

"그럼 지금 나랑 같이 엄마한테 가요. 사과는 직접 하셔야죠. 아빠한테 물어보면 거기가 어딘지 얘기해 줄 거예요."

"사과는 여기서 다 했는데 가서 뭘 또 해! 그리고 잘 있다가 갑자기 웬 변덕이야?"

할머니가 별소리를 다 듣는다는 듯 대꾸했지만, 내 부탁을 아주 싫어하는 기색은 아니었다.

"나한테는 직접 사과하라고 했잖아요! 차 타고 한참 가야 한댔어요. 아직 할 얘기 많이 남았으니까 지루하진 않을 거예요. 듣기 싫으면 할머니가 말하든가요."

가는 길에 우리는 할 얘기가 많을 것이다. 그리고 엄마 앞에서 나는 할머니를 소개할 작정이다. 할머니란 말만 나오면 예민하게 굴고, 궁금한 건 못 참고, 나처럼 아빠 성격을 답답해하지만, 어른인 척하지 않고 아주아주 손이 많이 가는 친구라고. 그래서 나도 좋은 친구가 되어 주고 싶다고. 그러려면 그 시작은 조심스럽게 내딛는 것이 옳다.

"오늘이 기일이기도 하고, 모처럼 나선다는 게 기특해서 참고 있는데, 말끝마다 할머니, 할머니 하는 소리, 듣기 거북해 죽겠네. 여기에 네 할머니가 어디 있냐고!"

할머니가 우산을 씌워 주며 자기 차를 향해 성큼성큼 걷는데 그 속도에 맞추지 못하고 나 혼자 주춤거렸다. 가을에 웬장대비냐는 할머니 말이 빗소리에 멀어졌다. 머리 위로, 어깨 위로, 내 몸 위로 비가 쏟아져 내렸다. 뒤처진 나를 발견하고는 할머니가 빨리 오라고 손짓하는데도, 나는 서두를 수가 없었다.

아무도 들어오지 못하게 하는 동안 고여 있던 내 시간이 갑작스럽게 균형을 잡는 게 쉬울 리 없었다. 나는 그렇게 잠시 어지럼증을 견뎌야 했다. 할머니한테는 절대로 내색해선 안 된다. 알면 고소해하면서 그럴 테니까. 아주 바람직한 부작용이라고.

작가의 말

정답과 오답만 있는 세상에 살았던 적이 있었어.

그 시절은 길지 않았지만, 단순해서 안전했고, 목적지가 멀지 않은 것 같아서 눈부셨지. 참과 거짓, 빛과 어둠, 정의와 불의, 낮과 밤처럼 선택할 것이 선명해서 많은 고민이 필요 없었어. 정답을 찾으려고 애를 쓰면 목적지는 손끝에 닿을 것처럼 가까워져 오래지 않아 멋진 세상에서 살 수 있을 줄 알았지. 그때의 내 목소리는 그래서 늘 자신감 넘쳤던 것 같아. 심지어 오답인 줄 알면서도 허세 가득한 반항을 과시하고 싶어 일부러 틀린 답을 고른 적도 있었고.

정답과 오답 사이에 수도 없이 많은 선택이 가려져 있었다는 건 조금 더 자란 뒤에 알았어.

정답에 가까운 답이 있고, 정답일 수도 있는 답이 있고, 정답이지만 정답이 아닌 답이 있고, 나는 정답이라 믿고 싶지만 결코 정답일 수 없는 답도 있더라고.

가장 당황스러운 것은 맞았는지 틀렸는지 아주 오랜 시간이 지나야 알게 되는 답이었어. 안전하게 보이던 세상이 불안과 초조와 조심과 걱정으로 가득 차게 되었고, 답 하나를 놓고 맞는지 틀리는지 몰라 어쩌지 못하는 시간이 길어지더니 어느 순간부터 내 목소리는 내 귀에도 닿지 않을 정도로 작아져 버리더라니까.

그렇게 걱정만 키우던 시간을 보내고서야 누구라도 틀린 답을 고를 수 있다는 걸 알게 되었지. 틀리면 안 되는 게 아니라 틀렸다고 인정하고 바로잡으려고 애쓰는 게 중요하다는 걸 말이야.

나는 그걸 너무 늦게 알아 버렸어. 어떤 건 바로잡기에 많은 시간이 흘러 버렸고, 어떤 건 바로잡아야 하는데 기억이 나지 않는 것도 있었어. 무엇보다 틀렸다고, 잘못했다고 말할 용기를 어디서 찾아야 하는지 알 수가 없더라고.

그래서 그 많은 걸 알게 된 지금은 뭘 하고 있냐고?

석균이처럼 어딘가에 숨어서 당당하게 자기 목소리 내는 사람을 지켜보며 부러워하고 있지, 뭐. 또 내가 알고 있다고 생각하는 게 정답인지 아닌지 고민도 하고. 오래오래 고민하다 보면 언젠가는 나도 내가 틀렸다고 당당하게 말할 수 있는 사람이 될 수 있지 않을까 상상하면서 말이야.

그래서 말인데, 너무 늦었지만, 조심스럽게 한 발 내디뎌 볼까 해.

아, 마음만 먹었는데도 벌써 어지럽다, 애.

2019년 새해에
최나미

아무도 들어오지 마시오

2019년 1월 25일 1판 1쇄
2024년 6월 30일 1판 10쇄

지은이 최나미

편집 김태희, 장슬기, 나고은, 김아름 **디자인** 김민해
제작 박흥기 **마케팅** 이병규, 김수진, 강효원 **홍보** 조민희

인쇄 천일문화사 **제책** J&D바인텍

펴낸이 강맑실
펴낸곳 (주)사계절출판사 **등록** 제406-2003-034호
주소 (우)10881 경기도 파주시 회동길 252
전화 031)955-8588, 8558 **전송** 마케팅부 031)955-8595 편집부 031)955-8596
홈페이지 www.sakyejul.net **전자우편** literature@sakyejul.com
블로그 blog.naver.com/skjmail **페이스북** facebook.com/sakyejul
인스타그램 instagram.com/sakyejul_teen

ⓒ 최나미 2019

ISBN 979-11-6094-426-6 44810
ISBN 978-89-5828-473-4 (세트)